Liebesroman

Acht Pfoten und ein Traummann

Poppy J. Anderson

Band 5

1. Auflage Juli 2015

Covergestaltung: Catrin Sommer rausch-gold.com

Unter Verwendung von © Minerva Studio – fotolia.com

Korrektorat: SW Korrekturen e.U

www.poppyjanderson.de

poppyj.anderson@googlemail.com

Besuchen Sie mich auf Facebook:

www.facebook.com/pages/Poppy-J-Anderson

Für Sammy, Wurzel, Zipi und Anton

Inhalt

Eigentlich sollte Alexis Grayson im pulsierenden Miami sein, um dort die aufsehenerregendste Party des Jahres zu organisieren und endlich die heiß ersehnte Beförderung zu erhalten, auf die sie hart hingearbeitet hat. Doch dann kommt es anders, als die Eventmanagerin gedacht hat, und sie fährt sie mit einem klapprigen Mietauto ins beschauliche Hailsboro, um dort die Einhundertfünfzig-Jahr-Feier der Stadt zu organisieren. Ausgerechnet auf dem Weg dorthin stößt sie auf ein ausgesetztes Hundepaar, das sie vor dem Hitzetod rettet und anschließend einfach nicht loswird. In Hailsboro wird ihr schnell bewusst, dass die Uhren auf dem Land anders ticken als in der Stadt, dass die Organisation der Feier ständig von einer Gruppe älterer Damen torpediert wird, die sie mit ihren ausgefallenen Vorstellungen beinahe in den Wahnsinn treiben, und dass die beiden Hunde ihr Übriges tun, um Alexis um den Verstand zu bringen. Der einzige Lichtblick in diesem Chaos ist der attraktive Tierarzt Henry – doch dieser scheint mit Alexis nichts anfangen zu können.

1. Kapitel

Wie sie es auch drehte und wendete, Alexis Grayson kam zu dem Schluss, dass Karma ein Arschloch war.

Obwohl sie nur ungern ein Wort in den Mund nahm, das auf dermaßen vulgäre Art und Weise die Anatomie eines Menschen beschrieb, kam sie nicht umhin, sich zu fragen, was sie getan haben musste, um ein solches Schicksal aufgebürdet zu bekommen. Lag es etwa daran, dass sie mit sieben Jahren ihrer kleinen Schwester erzählt hatte, dass Clowns kleine Kinder fraßen und mit ihren Köpfen Fußball spielten und dass sie sozusagen dafür verantwortlich gewesen war, dass Isabella bis in ihre Highschoolzeit hinein panische Angst vor Clowns gehabt und sich schon beim Anblick eines Zirkuszelts in die Hose gemacht hatte? Oder lag es daran, dass sie mit sechzehn Jahren ihre Mutter angelogen hatte, dass sie bei einer Freundin übernachtete, obwohl sie in jener Nacht ihre Jungfräulichkeit an den größten Idioten ihrer Stufe verloren hatte?

Was auch immer sie in der Vergangenheit getan hatte, es musste so grauenvoll gewesen sein, dass irgendein höheres Wesen jetzt der Meinung war, sie für ihre Missetaten bestrafen zu müssen.

Wie sollte sich Alexis denn sonst erklären, dass sie momentan die sprichwörtliche Hölle auf Erden erlebte?

Eine Autofahrt im August durch die Einöde von Texas mit einem Mietwagen, dessen Klimaanlage sich nur alle paar Minuten kurz einschaltete, um gleich darauf wieder den Geist aufzugeben, kam ihrer Vorstellung von einem Besuch in der Hölle sehr nahe. Eigentlich fehlte nur noch, dass ihre Großmutter sie dazu zwang, die grauenvollen Kokosmakronen zu essen, an denen sich Alexis Großtante Edna an Weihnachten vor drei Jahren einen Zahn abgebrochen hatte, um Alexis endgültig zu beweisen, dass sie geradewegs ins Fegefeuer geraten war.

Dabei hatte sie bereits gedacht, dass es nicht schlimmer werden könnte, als ihr Chef ihr jenen Auftrag erteilt hatte, für den sie nun durch das von Gott verlassene Texas fuhr und schon vor ihrem inneren Auge sah, dass sie höchstwahrscheinlich in diesem Auto an einem Hitzschlag sterben und als Schlagzeile in den Abendnachrichten enden würde.

Wunderbar! Es reichte nicht, dass sie sich zur Lachnummer der gesamten Firma gemacht hatte, als sie dazu auserkoren worden war, in ein winziges Städtchen namens Hailsboro zu fahren, um dort das Einhundertfünfzig-Jahre-Jubiläum zu organisieren, oder dass sie sich erst vor zwei Stunden beim Versuch, eine staubige Tankstelle zu überqueren, den Absatz ihrer wunderschönen Schuhe von Valentino abgebrochen hatte – nein, zu allem Überfluss würde man irgendwann ihren ausgetrockneten Leichnam in einem kackbraunen Chevy finden, der nicht nur penetrant nach einem Duftbaum stank, sondern ebenfalls kackbraune Veloursledersitze hatte! Wer zum Teufel kam bloß auf den Gedanken, einen kackbraunen Chevy mit Veloursledersitzen in der gleichen Farbe herzustellen?

Die Vorstellung, dass man sie leblos in einem solchen Auto finden könnte, verursachte Alexis höllische Zahnschmerzen. Zwar war sie nicht übermäßig eitel, wenn man von ihrem Faible für hübsche Kleidung, sündhaft teure Schuhe und das passende Make-up einmal absah, doch ihr letztes Stündlein wollte sie keineswegs in diesem Auto verbringen.

Für diese Misere konnte sie niemanden sonst verantwortlich machen als ihren Chef, der aus verletzter Eitelkeit heraus daran schuld sein würde, dass sie auf kackbraunen Veloursledersitzen an einem Hitzschlag krepieren könnte.

„Alexis, du bist dafür genau die richtige Frau“, äffte sie ihren Chef nach und starrte dabei frustriert in den Rückspiegel, um ihrem eigenen Spiegelbild eine Grimasse zu schneiden, bevor sie weiterhin die joviale Stimme ihres Chefs Gordon nachahmte und ächzte: „Niemandem sonst würde ich diesen Auftrag anvertrauen. Du solltest dich glücklich schätzen, dass du diese Veranstaltung organisieren darfst.“ Sie schnaubte wütend und konnte sich gerade noch davon abhalten, ihrem eigenen Spiegelbild den Mittelfinger zu zeigen.

Ihr spukte nicht nur Gordons gönnerhafter Tonfall im Kopf herum, sondern auch der eine oder andere Mordgedanke kam ihr in den Sinn, während sie sich schnaufend eine Schweißperle von der Stirn wischte und anschließend an dem Knopf der Klimaanlage herumfummelte, während sie flehentlich bettelte: „Bitte, bitte! Geh schon an! Geh schon an!“

Ein winziger kühler Lufthauch wehte ihr ins Gesicht, bevor die Klimaanlage ein Rattern ausstieß, das mittlerweile zu Alexis schlimmsten Todfeind mutiert war. Böse starrte sie die defekte Klimaanlage an und fuhr rechts ran, als sie nach gefühlten tausend Meilen mal wieder eine Abzweigung entdeckte. Genervt griff sie nach der Straßenkarte, die sie vor zwei Stunden verzweifelt aus dem Handschuhfach des Mietautos gezerrt hatte, nachdem auch das GPS ihres Handys aufgegeben hatte, und starrte derart intensiv auf die Landkarte, als wäre sie Indiana Jones auf der Suche nach dem Heiligen Gral. Vom Gefühl her würde sie zwar sagen, dass sie weiter geradeaus fahren musste, aber sicher war sie sich nicht, da es in dieser Einöde dankenswerterweise auch keine Beschilderung gab. Egal, ob sie nun weiter geradeaus, links oder rechts fahren würde, alle Richtungen wirkten wenig anziehend auf sie.

Mit all dem Selbstmitleid, das sie empfand, lehnte Alexis den Kopf nach vorne und bettete ihr Gesicht gegen das Lenkrad, wobei sie keinen Gedanken an ihr

Make-up verschwendete, das sich schon vor einer geraumen Zeit verabschiedet hatte. Sie musste wie ein Waschbär aussehen.

Wie ein Waschbär, der momentan sogar lieber auf einem Justin Bieber-Konzert gewesen wäre und sich kreischende Teenager anhören würde, als in der texanischen Pampa zu stecken und den schlimmsten Auftrag ausführen zu müssen, den es in ihrer Eventagentur jemals gegeben hatte.

Vielleicht hätte sie einfach mit Gordon schlafen sollen, überlegte Alexis verzweifelt. So schlimm wäre es sicherlich nicht gewesen, immerhin machte keine ihrer Kolleginnen einen unzufriedenen Eindruck – und sie alle hatten Sex mit ihm gehabt. Anscheinend gehörte es zu einer Art Aufnahmeritual, mit dem Agenturchef ins Bett zu steigen, nur dass Alexis sich seit knapp zwei Jahren weigerte, an diesem Ritual teilzuhaben. Wenn sie weniger Skrupel hätte und gleich nach ihrer Einstellung, mit ihm ins Bett gegangen wäre, hätte sie womöglich längst die Karriereleiter erklommen und müsste nicht das Jubiläum eines winzigen Städtchens veranstalten, während ihre Kollegin Savannah, die erst seit drei

Monaten für die Agentur arbeitete und den IQ eines aufgetauten Toastbrots besaß, die wichtigste Party von ganz Miami planen durfte.

Eigentlich hätte Alexis diesen heißbegehrten Job bekommen sollen. Gordon hatte ihr längst zugesagt, dass sie die Party veranstalten durfte, immerhin handelte es sich bei dem Auftraggeber um einen ihrer wichtigsten Klienten, und Alexis war – mit aller Bescheidenheit – eine der besten Mitarbeiter der ganzen Agentur. Es war sonnenklar gewesen, dass sie diese Party veranstalten würde, da die anderen Eventmanager, die für diesen Auftrag infrage gekommen wären, bereits andere Projekte vor der Brust hatten. Doch das war gewesen, bevor Savannah mit Gordon ins Bett gegangen war.

Nun würde die vermutlich wichtigste Party Miamis von einer zweiundzwanzigjährigen Praktikantin organisiert werden, deren einzige Erfahrung im Bereich Eventmanagement darin bestand, in einem winzigen Cowgirl-Kostüm Krabbenhäppchen an Gäste zu verteilen und möglichst viele Telefonnummern einzukassieren. Alexis wusste, wovon sie sprach, immerhin war Savannah auf genau diese Weise an ihren jetzigen Job gekommen. Bei besagter Veranstaltung hatte Alexis neben einem bereits angetrunkenen Gordon gestanden und seine Annäherungsversuche geduldig abgewehrt, bis Savannah aufgetaucht war und netterweise Gordons Aufmerksamkeit auf sich gezogen hatte. Damals hatte Alexis nichts anderes als Erleichterung verspürt, dass sie ihren aufdringlichen Chef losgeworden war. Heute verfluchte sie jenen Abend, immerhin hatte er ihr allem Anschein nach die Karriere versaut, schließlich hatte Savannah sie überholt – trotz ihres albernen Cowgirl-Kostüms.

Dass eine Zweiundzwanzigjährige ohne Ausbildung oder praktische Erfahrung den dicksten Auftrag zugeschossen bekommen hatte und somit in der agenturinternen Rangordnung vor Alexis stand, nagte nicht nur an ihrem Ego, sondern ließ sie an sich selbst zweifeln.

Im Gegensatz zu der baumlangen Blondine mit den riesigen Brüsten, deren Anblick bei Gordon mehr als einmal einen beinahe epileptischen Anfall ausgelöst hatte, besaß Alexis als Eventmanagerin Erfahrungen in Hülle und Fülle. Sie hatte nicht nur einen entsprechenden

Collegeabschluss gemacht, sondern auch ein einjähriges Praktikum in der größten Agentur New Yorks absolviert und hatte dort weitere drei Jahre gearbeitet, bevor sie zu Gordons Firma gewechselt war, in der sie sich seither beide Beine ausriss, um die großartigsten Veranstaltungen zu organisieren.

Alexis veranstaltete Charity-Dinner, Gala-Abende und umwerfende Hochzeiten mit der gleichen Akribie und Leidenschaft, wie sie Kindergeburtstage von Sprösslingen superreicher Eltern organisierte oder dafür sorgte, dass Filmpremieren reibungslos über die Bühnen gingen. Schwierige Kunden waren ihr Fachgebiet, da ihr mädchenhaftes Aussehen dabei half, anspruchsvolle Auftraggeber zu besänftigen und extravagante Auftraggeberinnen gnädig zu stimmen. Erst vor drei Monaten hatte sie die Finkelstein-Parker-Hochzeit gemanagt, obwohl insbesondere die verwöhnte und äußerst kritische Braut dafür berühmt war, jeden Angestellten in den Selbstmord zu treiben. Vor Alexis hatten zwei Eventmanager das Handtuch geworfen und geschworen, die Braut eher mit ihrem Strumpfband zu erwürgen oder sie mit der Hochzeitskutsche zu überfahren, als eine einzige Stunde länger in ihrer Gegenwart verbringen zu können. Also war Alexis eingesprungen und hatte die zweihundertfünfzigtausend Dollar teure Hochzeit organisiert, auch wenn sie das einige schlaflose Wochen gekostet hatte. Am Ende waren das Brautpaar, die reichen Eltern der Braut und die Gäste sehr glücklich mit der exklusiven Hochzeit gewesen, die es immerhin in die Gesellschaftsspalten mehrerer Zeitungen gebracht hatte. Für Alexis war die Hochzeit ein Coup gewesen, weil sie geglaubt hatte, anschließend die *Divine*-Party des Musikmoguls Stanley Macintosh veranstalten zu dürfen.

Mit einem solchen Auftrag wäre sie auf den Olymp der Eventmanager aufgestiegen, doch diese Chance hatte sie verpasst.

Hätte sie nicht derartige Skrupel davor, die Moral über Bord zu werfen und mit Gordon zu schlafen, der immerhin ganz nett anzuschauen war und sich sehr charmant verhalten konnte, wenn er denn wollte, säße sie nun nicht im texanischen Nirgendwo und würde ihre Bluse von Diane von Fürstenberg mit Schweißflecken verzieren, die jedem hart arbeitenden Straßenbauer alle

Ehre gemacht hätte. Was wäre denn so schlimm daran gewesen, sich vor Gordon auszuziehen? Seit sie sich vor einem Jahr von Will getrennt hatte, lief in Sachen Sex sowieso nichts mehr. Stattdessen hatte sie sich auf ihre Karriere konzentriert und durfte jetzt mit ansehen, wie diese den Bach hinunterging.

Doch weder ihr Lamentieren noch ihre knallroten Wangen konnten an der Tatsache rütteln, dass sie die Jubiläumsfeier eines entlegenen Städtchens organisieren durfte. So sah also der Tiefpunkt ihrer Karriere aus.

Alexis biss die Zähne zusammen, stöhnte auf und blickte ein weiteres Mal in den Rückspiegel ihres Autos, um ihr Aussehen zu kontrollieren, das – wie sie bekennen musste – einfach scheußlich war. Nicht nur ihr dunkelbrauner Pony war restlos verschwitzt, auch ihr Make-up hatte sich mittlerweile verselbstständigt. Sie sah grauenvoll aus und fühlte sich wie ein erschossener und halb verwester Tierkadaver, den man einfach irgendwo abgeladen und vergessen hatte. Außerdem musste sie grauenvoll stinken, wie sie naserümpfend überlegte.

Ein mieser Job, ein abgebrochener Schuh, der immerhin fast fünfhundert Dollar gekostet hatte, die schlimmste Autofahrt ihres Lebens, die Aussicht auf ein paar Tage in der texanischen Pampa und eine vermutlich ruinierte Bluse, die sie im Schlussverkauf ergattert hatte, rundeten diesen Tag ab. Schlimmer konnte es wirklich nicht kommen.

Anscheinend war ihr Karma noch nicht zufrieden und lachte sich gerade ins Fäustchen, denn als Alexis die Augen zurück auf die Straße richtete, fiel ihr ein uralter Karton auf, der nur wenige Meter von ihrem Auto entfernt am Straßenrand stand. Weshalb der Karton ihr Interesse erregte, wusste Alexis nicht, doch sie starrte einen kurzen Moment intensiv zu dem vergilbten Pappkarton, als sich dieser plötzlich zu bewegen begann.

Verwirrt blinzelte sie und lehnte den Kopf nach vorne, um durch die staubige Frontscheibe des Autos nach draußen zu schauen. Misstrauisch kniff sie die Augen zusammen und sagte sich, dass sie sich die Bewegung nur eingebildet haben konnte, doch der Karton bewegte sich ein weiteres Mal und wurde geradezu hektisch durchgerüttelt. Das konnte keine Einbildung sein!

Unsicher blieb sie in ihrem Auto sitzen und ging im Geiste alle möglichen Szenarien durch, die ihr passieren könnten, wenn sie ausstieg, sich der grauenvollen Hitze aussetzte und es wagte, den Karton zu öffnen.

Die Angst vor dem Angriff einer Klapperschlangenfamilie ließ sie auf ihrem Autositz verharren. Alexis nagte unschlüssig auf ihrer Unterlippe herum und stieß einen tiefen Seufzer aus. Der heutige Tag gehörte ganz eindeutig auf einen der vorderen Plätze ihrer persönlichen Chaostage, auch ohne dass sie von einer tollwütigen Familie von Klapperschlangen attackiert worden wäre.

Andere Menschen wären vermutlich weitergefahren und hätten keinen Gedanken an einen verlassenen Karton verschwendet, aber Alexis konnte nicht einfach weiterfahren, ohne wenigstens einen kurzen Blick in den Karton geworfen zu haben. Morbide Neugier war leider vererbbar, immerhin hatte ihr Großcousin seinen Daumen verloren, als er seine Hand in den Müllschlucker gesteckt hatte, um nachzuprüfen, ob das Gerät defekt sei. Während er seit zehn Jahren nicht mehr in der Lage war, seine Bierflaschen ohne fremde Hilfe zu öffnen, würde

Alexis vermutlich mit einem Schlangenbiss in der Nase enden.

Resigniert schaltete sie den Motor aus und öffnete mit einem Japsen die Autotür, als trockene Hitze und erbarmungslose Sonnenstrahlen sie begrüßten. Während sie über den staubigen Boden humpelte, behielt sie den Karton im Auge, der sich noch immer bewegte, und verschränkte unschlüssig die Arme vor der Brust, sobald sie in einem Meter Entfernung davor stehen blieb.

Alexis holte tieft Luft und legte den Kopf zur Seite. Skeptisch musterte sie den Karton, als plötzlich ein mitleiderregendes Fiepen zu hören war. Obwohl sie niemals gedacht hätte, so etwas wie einen mütterlichen Instinkt zu besitzen, schreckte das gequälte Fiepen sie dermaßen auf, dass sie entsetzt auf den Karton zustürzte und den zugeklebten Deckel abriss, um gleich darauf zwei helle Wollknäuel zu entdecken, die mit heraushängenden Zungen und geradezu flehentlichen Blicken die Köpfe hoben.

„Himmel", fluchte sie erschrocken und musterte einen winzigen Moment lang die beiden Welpen, die nun noch lauter fiepten, und ignorierte den bestialischen

Gestank aus dem Inneren des Kartons. Während ihr Herz wie verrückt klopfte, griff Alexis reflexartig nach der vergilbten Pappe und hievte diese in die Höhe, um den Karton schnellstmöglich aus der prallen Sonne und in ihr kaum wesentlich kühleres Auto zu schaffen. Dass sie eigentlich Angst vor Hunden hatte, war plötzlich vergessen.

„Ihr armen Kleinen", murmelte sie in dem Versuch, die aufgescheuchten Welpen zu beruhigen, die wie verrückt hechelten, als Alexis den Karton auf das kackbraune Veloursleder des Beifahrersitzes hob. „Euch muss ja tierisch heiß sein!"

Ahnungslos, panisch und ängstlich zugleich wusste Alexis nicht, was sie tun sollte, um den anscheinend ausgesetzten Welpen zu helfen, schließlich hatte sie keine Ahnung von Hunden. Sie selbst hatte kein Haustier, da sie nicht einmal eine Zimmerpflanze am Leben erhalten konnte, und machte einen großen Bogen um Hunde, seit sie mit acht Jahren von einem fresswütigen Labrador in die Hand gebissen worden war. Bislang hatten Hunde beziehungsweise Tiere einen großen Bogen um sie gemacht und Alexis hatte einen großen Bogen um Hunde und andere Tiere gemacht – damit waren sie alle gut gefahren.

Bis jetzt.

Da das Fiepen nicht aufhören wollte, griff Alexis verzweifelt nach ihrer Wasserflasche, die mittlerweile Zimmertemperatur hatte, und schüttete sich ein wenig Wasser in die Hand, um diese den hechelnden Hunden zu reichen. Augenblicklich stürzten sich beide auf die Hand und quietschten frustriert, als das wenige Wasser durch die Finger der Frau rann, die ebenfalls ein Quieken hören ließ, sobald sich messerscharfe Welpenzähnchen in ihr Fleisch bohrten.

Zwar wollte Alexis nicht, dass die Hunde verdursteten, aber ihre Finger wollte sie auch nicht verlieren. Nachdem sie sich ratlos im Inneren ihres Mietautos umgesehen hatte und zu dem Schluss kam, dass sie nichts besaß, was sie als Wassernapf hätte benutzen können, schlüpfte sie resigniert aus dem rechten Wildlederpump, der sowieso hinüber war, und goss schweren Herzens etwas Wasser in den Schuh.

Wie rasend stürzten sich die beiden Hunde auf die Wasserquelle und sabberten gleichzeitig den Veloursledersitz voll.

Alexis verzog das Gesicht, als der Geruch nach Hundehaufen in ihre Nase stieg, der ganz eindeutig aus dem Karton kam und dazu führte, dass sie kurz davor war, ihr spärliches Mittagessen hervorzuwürgen. Wie konnten zwei niedliche Welpen dermaßen widerliche Gerüche von sich geben?

Sobald die beiden Kleinen das restliche Wasser ausgetrunken hatten und weit weniger panisch fiepten als noch vor einigen Augenblicken, starrte Alexis ratlos auf die sich im Karton windenden Hunde. Ganz unmöglich konnte sie die beiden hier lassen, aber was sollte sie mit ihnen anstellen? Und wie sollte sie die beiden transportieren, denn sicherlich würde Alexis nicht weiterfahren, während der dreckige Karton, der wie ein Baustellenklo roch, auf dem Beifahrersitz neben ihr stand.

Während ihr die Sonne im Nacken brannte und Alexis ihren rechten Fuß zögerlich auf dem staubigen Boden absetzte, rang sie sich dazu durch, sich über die beiden Welpen zu beugen. Zögerlich griff sie nach dem ersten kleinen Hund und hob ihn aus dem Karton heraus. Mit weit von sich gestreckten Armen hielt sie ihn hoch und sah in ein knopfäugiges, pelziges Gesichtchen, das verwundert dreinzuschauen schien. Da Alexis keine Ahnung hatte, wie sie den Hund tragen sollte, und da sie das Tier ehrlicherweise nicht allzu nah an ihre Kleidung lassen wollte, setzte sie ihn mit einigen ungeschickten Bewegungen auf der Rückbank ab und schloss für einen Moment die Tür, damit der erste nicht entwischen konnte. Auch den zweiten hob sie heraus, kam jedoch nicht umhin, ihn fester zu packen und gezwungenermaßen an sich zu drücken, da er sich wie verrückt wand. Kaum hielt sie ihn gegen die Brust gedrückt und griff mit der freien Hand nach dem Karton, um ihn im hohen Bogen einfach zurück an den Straßenrand zu werfen, fühlte sie plötzlich etwas Warmes, das ihr den Bauch hinunterlief.

Wie es aussah, war sie nicht die einzige gewesen, die nötig Pipi machen musste.

2. Kapitel

„Wer setzt denn Hunde bei dieser grauenvollen Hitze aus?“, wütete Alexis aufgebracht und pustete sich eine Haarsträhne aus der verschwitzten Stirn, als sie mit je einem Welpen unter dem Arm geklemmt vor der Anmeldung der Tierarztpraxis stand. „Wer setzt überhaupt Hunde aus? Ich meine ... nun gut, die beiden stinken bestialisch und geben Düfte von sich, die nicht mehr feierlich sind, aber das ist doch noch lange kein Grund, sie auszusetzen!“

Merkwürdigerweise bekam Alexis keine Antwort, da die griesgrämige Tierarzthelferin weiterhin den Blick auf ihren PC gesenkt hielt und irgendwelche ominösen Dinge in das Datenblatt eingab, das sie für die beiden Welpen neu angelegt hatte.

Alexis Schultern sackten hinab. Sie war völlig am Ende mit ihren Kräften und stand kurz vor einem Nervenzusammenbruch. Noch vor zwei Stunden hatte sie geglaubt, in ihrem Mietwagen aufgrund eines Hitzschlags zu sterben, um kurz darauf festzustellen, dass es etwas gab, das noch schlimmer als die texanische Sommersonne war: Welpenfürze bei geschlossenen Fenstern waren um einiges schlimmer und stanken derart grauenerregend, dass sie mehr als einmal gedacht hatte, gleich ohnmächtig zu werden und das Auto vor einen Baum zu setzen.

Mittlerweile war nicht nur das Auto nicht mehr bewohnbar, sondern auch Alexis hätte sich unter normalen Umständen nicht mehr unter Leute getraut. Sie, die normalerweise nicht aus dem Haus ging, wenn ihre Schuhe nicht zu ihrer Handtasche passten und wenn sie ihre Wimpern nicht getuscht hatte, stand barfuß und schwitzend mitten in einer Tierarztpraxis und hielt zwei sich windende Welpen im Arm, die beide grauenvoll stanken und Alexis gerade vermutlich mit Flöhen beglückten.

Hoffentlich würde ein Tierarzt die beiden hechelnden Hunde mit den schrecklichen Ausdünstungen begutachten und ihr auch hoffentlich die Adresse des städtischen Tierheims nennen. Alexis hatte nämlich keine Zeit, den Hundesitter für zwei Welpen zu spielen, die auf dem Weg nach Hailsboro nicht nur wie verrückt gefiept, gewinselt und geheult hatten, sondern auch die wunderschöne Tasche angenagt hatten, die Alexis dummerweise in den Fußraum der Rückbank gestellt hatte. Ergebnis einer fast zweistündigen Fahrt war, dass die beiden Tragehenkel zur Unkenntlichkeit zerkaut waren.

Warum hatte sie auch ihre einzige Markentasche mitnehmen müssen?

Warum hatte sie nicht die hässliche Tasche mit dem Nietenbesatz mitnehmen können, die Will ihr zu Weihnachten vor zwei Jahren geschenkt hatte? Sie würde mehr als glücklich sein, wenn sie einen guten Grund gehabt hätte, das hässliche Ding endlich wegzuwerfen. Stattdessen hatten die beiden Stinker sich an der Tasche gütlich getan, die Alexis normalerweise wie einen Schatz hütete.

Alexis wusste nicht, worum sie sich momentan größere Sorgen machen sollte – um ihre zerstörte Tasche, um die Tatsache, dass die Mietwagenfirma ganz unmöglich das Auto zurücknehmen würde, nachdem einer der Welpen sein Geschäft im Fußraum erledigt hatte, um ihr desaströses Aussehen oder um den Bürgermeister der Stadt, den sie heute unbedingt erwischen musste, weil er sich um ihre Unterkunft hatte kümmern wollen. Die Schreckensvision, dass sie womöglich heute Nacht in dem grauenvoll riechenden Chevy würde übernachten müssen, war sogar noch schlimmer als die Tatsache, dass sie in einer verschwitzten sowie vollgepinkelten Bluse vor der Anmeldung einer Tierarztpraxis stand, deren Wartezimmer brechend voll war.

Ein kurzer Blick nach links ließ Alexis irritiert die Stirn runzeln, denn die Wartenden bestanden samt und sonders aus Frauen, die ziemlich aufgedonnert für ein paar Dorfbewohner wirkten. Dass ihr selbst der Schweiß das Rückgrat hinunterlief, ihr komplettes Outfit mittlerweile zerstört war und sie wie jemand aussehen musste, den man mitten in der Wüste ausgesetzt hatte, machte es nicht besser. Außerdem fiepten die beiden Welpen um die Wette und zappelten in Alexis Armen, die mit hochrotem Gesicht und zerkratzten Armen hoffte, dass ihr irgendjemand die beiden Energiebündel abnehmen könnte.

„Wissen Sie, wie alt die beiden Hunde sind?“, fragte in diesem Moment die lethargisch wirkende Sprechstundenhilfe und schaute träge von ihrem Computermonitor auf.

Alexis blinzelte ungläubig und verschob die Welpen in eine günstigere Position. Mittlerweile zitterten ihre Arme vor Anstrengung, weshalb sie keuchte: „Ich habe Ihnen doch gerade gesagt, dass ich die beiden am Straßenrand gefunden habe! Woher soll ich wissen, wie alt die Hunde sind? Ich kann Ihnen nur sagen, dass sie ihr Geschäft in meinem Mietwagen verrichtet haben und nicht einen Moment zu fiepen aufhören. Außerdem haben sie ein Loch in meinen Rock gerissen und meine Tasche zerstört.“ Sie nickte der Tasche zu, die sie unter Aufbringung aller Kraft auf die Theke der Anmeldung gestellt hatte, nachdem sie in die Praxis getaumelt war.

„Alter unbekannt“, gab die Sprechstundenhilfe träge von sich, um gleich darauf zu fragen: „Sind sie schon geimpft?“

„Das weiß ich auch nicht“, gab Alexis genervt von sich und zuckte zusammen, als der Welpe in ihrer linken Armbeuge begann, ihr Handgelenk als Kauknochen zu missbrauchen. Gleichzeitig fiel ihr Blick auf die Seitenleiste ihrer Tasche, die bis auf den Innenstoff zerkaut war.

Die mutwillige Zerstörung ihrer schönen Tasche ließ Alexis beinahe ein wehmütiges Stöhnen ausstoßen.

„Name der Hunde?“

„Ich habe keine Ahnung.“

Wieder wurde Alexis ein lethargischer Blick geschenkt. „Ich brauche die Namen für die Karteikarten.“

Schulterzuckend und in scherzhafter Absicht lächelte Alexis gequält. Mit einem Nicken in Richtung Tasche schlug sie trocken vor: „Wie wäre es mit Dolce und Gabbana?“

„Okay“, erwiderte die andere Frau lustlos, während sie auf die Tastatur des PCs eindrosch. „Dolce und Gabbana.“

„Nein“, entfuhr es Alexis erschrocken und sie schüttelte den Kopf. „Das war doch nicht ernst gemeint!“

Ihr Gegenüber nahm sich von ihrem Protest nichts an und kramte stattdessen in einer Schublade herum, um Alexis gleich darauf ein Formular hinzulegen. „Jetzt bräuchte ich noch die Angaben zu Ihrer gewünschten Zahlweise."

„Zahlweise?", würgte Alexis hervor und zählte im Geiste bis zehn. Anscheinend kam zu der Rechnung, die ihr die Mietwagenfirma vorlegen würde, und zu den Ausgaben für neue Kleidung auch noch eine Tierarztrechnung dazu. Das hatte man also davon, wenn man etwas Gutes tun wollte und zwei Welpen rettete.

Mit beiden Welpen im Arm konnte sie schlecht schreiben und öffnete daher den Mund, um der lethargischen Dame ihre Kreditkartennummer aufzusagen, als sich die Tür zum Sprechzimmer öffnete.

Eine freundlich wirkende Stimme ertönte: „Mrs. Hopper? Sie sind die nächste. Kommen Sie doch bitte rein."

Neugierig huschten Alexis Augen zur Tür des Sprechzimmers, jedoch konnte sie von ihrer Position aus nicht sehen, zu wem die freundliche und geduldige Stimme gehörte. Einzig und allein das aufgeregte Tuscheln aus dem Sprechzimmer, das augenblicklich anschwoll, erregte ihre Aufmerksamkeit.

Alexis drehte irritiert den Kopf zurück und sah, wie sich eine korpulente, grauhaarige Dame freudestrahlend erhob und den schlafenden Dackel, der bis gerade eben friedlich gedöst hatte, mit sich ziehen wollte. Auch die restlichen Wartenden begann zu strahlen, setzten sich aufrecht hin, zupften an ihrer Kleidung herum und fuhren sich kollektiv durchs Haar, während sie alle in Richtung Tür schauten und ein Lächeln aufsetzten, das man normalerweise lediglich in einer Zahnpastawerbung sehen konnte.

Das nun einsetzende Gekicher ließ Alexis skeptisch die Stirn runzeln.

Mrs. Hopper jedoch fiel beinahe über ihre eigenen Füße, als sie sich beeilte, ins Sprechzimmer zu tänzeln. An den Tierarzt gewandt säuselte sie atemlos: „Wir kommen, Dr. Gardner! Wir kommen!“ An den widerwilligen Dackel gewandt seufzte sie hektisch: „Brutus, steh schon auf! Wir wollen den lieben Dr. Gardner doch nicht warten lassen!“

Mit zusammengekniffenen Augen maß Alexis blitzschnell das überquellende Wartezimmer und bemerkte, wie sich der Schweiß in jeder Pore ihres

Körpers festsetzte, während die Hunde in ihren Armen unvermindert zappelten. Da Mrs. Hopper noch immer damit beschäftigt war, den stark übergewichtigen Brutus an einer mit pinken Strasssteinen verzierten Leine zu ziehen, um ihn zum Aufstehen zu überreden, nutzte sie ihre Chance und sprang geradezu auf das Sprechzimmer zu.

„Dr. Gardner, entschuldigen Sie, dass ich mich vordrängeln muss, aber es ist ein Notfall!“

„Ein Notfall?“

Einen Moment lang fürchtete Alexis, ihre Sprache verloren zu haben und zu Boden zu gehen, da sie dem vermutlich schönsten Mann gegenüberstand, dem sie jemals begegnet war, dabei hatte sie vor einem Jahr eine Modenschau mit fünfzig männlichen Unterwäschemodels organisiert und gedacht, dass mindestens einer von ihnen die Perfektion in Menschengestalt war.

Doch da hatte sie sich geirrt.

Dr. Gardner besaß blonde Locken, hellblaue Augen, ein Gesicht, das auch einem Wikingerkönig hätte gehören können, und ein dermaßen ansteckendes Lächeln, dass Alexis befürchtete, es den kleinen Welpen gleichzutun und ein Fiepen auszustoßen, bevor sie zu sabbern anfangen würde. Anders als die überentwickelten Unterwäschemodels war der gute Tierarzt kein Riese und sprengte auch nicht das karierte Hemd mit Armen à la Sylvester Stallone, doch für Alexis, die mit ihren eins fünfundsechzig alles andere als eine baumlange Frau war, besaß der Mann mit seinen geschätzten eins achtzig eine angenehme Größe.

Da sie ihn nun schon seit einer gefühlten Ewigkeit anstarrte und atemlos verfolgte, dass sein Lächeln nicht einen Millimeter verrutschte, hielt sie es für an der Zeit, endlich ein Lebenszeichen von sich zu geben.

Sie schob beide Hunde ein Stück nach vorne. „Die Welpen habe ich in einem Karton am Highway gefunden. Könnten Sie sich die beiden bitte einmal anschauen?“

Augenblicklich erstarb sein Lächeln und machte einer ernsten Miene Platz, als er nickte und ihr einen der Welpen abnahm.

„Dr. Gardner“, protestierte die ältere Mrs. Hopper geradezu weinerlich. „Mein Brutus muss doch geimpft werden. Außerdem kommt meine Enkelin in ein paar Minuten her, um ihn und mich abzuholen. Sie wollten

Claudette doch unbedingt kennenlernen, als ich Ihnen beim letzten Mal von ihr erzählt habe!“

Konsterniert blickte Alexis über ihre Schulter und entdeckte einen Haufen Frauen, die sie entweder empört betrachteten oder den gut aussehenden Tierarzt anschmachteten. Irgendetwas stimmte doch hier nicht.

„Mrs. Hopper, ich werde mich gleich um Brutus kümmern“, beruhigte der blonde Mann die leicht panische Frau mit mehr Geduld, als Alexis sie jemals besessen hatte, während er den kleinen Hund ohne jede Berührungsangst an sich drückte. Dass er angesichts des Gestanks nicht einmal die Nase kräuselte, rechnete Alexis ihm hoch an.

„Aber ...“

„Die beiden Welpen sind ein Notfall, das verstehen Sie doch sicher“, erklärte er abschließend und lächelte freundlich, bevor er sich umdrehte und das Sprechzimmer betrat.

Erleichtert grabschte Alexis nach ihrer zerstörten Tasche und folgte dem Mann eilig auf nackten Sohlen in den Untersuchungsraum. Während sie ihren Welpen unter den Arm geklemmt hatte, thronte der andere selig auf dem Arm des Tierarztes und leckte diesem anbetungsvoll über die Hand. Dieser Anblick ließ Alexis fast schon griesgrämig die Augen verdrehen, immerhin hatte sie den beiden Rackern das Leben gerettet, ihren Schuh geopfert und sah aus, als wäre sie wie eine Geisteskranke durch die Wüste geirrt, doch ihr hatten die beiden nicht die Hand geleckt, sondern stattdessen die Welpenzähne an ihrer Haut gewetzt und ihren Rock zerstört – von der vollgepinkelten Bluse ganz zu schweigen.

„Na, du Süßer", murmelte Dr. Gardner mit sanfter Stimme, die Alexis weiche Knie bescherte. „Wer setzt denn so einen lieben Hund wie dich aus?"

Obwohl der Welpe keine Antwort geben konnte, schien er die Bedeutung der Worte sehr wohl verstanden zu haben, da er mitleiderregend fiepte, das Köpfchen am Handgelenk des Mannes rieb und mit großen Knopfaugen zu ihm aufsah, während er mit seinem Schwänzchen wedelte.

Der alte Schleimer!

Vor fünf Minuten hatte er Alexis dermaßen fest in den Daumen gebissen, dass sie befürchtet hatte, wie ihr

Großcousin zu enden, dem ein Daumen amputiert werden musste.

Auch der Welpe, den sie noch immer trug, winselte nun ekstatisch und wedelte wie verrückt mit seinem Schwanz. Gleichzeitig zappelte er dermaßen, dass Alexis ihn kaum halten konnte und zum Dank von seinen winzigen, jedoch äußerst scharfen Krallen gekratzt wurde.

„Setzen Sie ihn ruhig auf dem Untersuchungstisch ab", wies Dr. Gardner sie freundlich an und kuschelte währenddessen weiter mit dem zufrieden fiependen Welpen. „Wo genau haben Sie die beiden gefunden?"

Kraftlos setzte Alexis den Welpen auf dem polierten Stahltisch ab und strich sich die ohnehin ruinierte Bluse glatt. „Irgendwo in Texas", erwiderte sie trocken. „Nur durch ein Wunder habe ich diese Stadt gefunden. Ich dachte schon, die Hunde und ich würden in der Hitze eingehen."

Sie bemerkte, dass er ihr derangiertes Aussehen sowie das Fehlen einer Fußbekleidung taxierte, und sah darüber hinweg, dass sich seine Mundwinkel amüsiert kräuselten. Mittlerweile konnte nicht einmal ein großartig aussehender Mann, der sie wie ein verdrecktes Straßenkind zu Gesicht bekam und das auch noch lustig zu finden schien, sie schocken.

Gegen Karma kam man nun einmal nicht an.

„Was ist Ihnen denn passiert, wenn ich fragen darf?"

„Was ist mir nicht passiert?", entgegnete sie frustriert und wollte ihre Tasche schultern, als sich der Griff komplett löste und die Tasche auf den Boden fiel. Erschrocken musste Alexis mit ansehen, wie sich der komplette Inhalt auf dem sauberen Boden des Untersuchungszimmers verbreitete und die Maxipackung Tampons, die sie sich noch schnell aus ihrem Badezimmer geschnappt hatte, als sie ihre Wohnung verlassen hatte, ebenfalls aus der Tasche fiel. Zu ihrem Unglück rollten um die dreißig Tampons im gemächlichen Tempo über den Boden und verteilten sich auf gut fünfzehn Quadratmetern.

Was musste ein Mann bloß von einer Frau denken, die dreißig Tampons in ihrer Handtasche mit sich herumschleppte?

Am liebsten wäre Alexis einfach nur im Boden versunken oder davon gerannt, doch es kam leider noch schlimmer, da ihr kleiner Welpe vom Tisch sprang, sich auf einen der Tampons stürzte und auf ihm herum zu kauen begann, während er wüste Knurrlaute von sich gab.

„Oh mein Gott“, flüsterte Alexis und starrte den anscheinend sehr amüsierten Tierarzt im fassungslosen Entsetzen an.

„Schon gut“, lachte er, während sich Alexis auf den Boden stürzte und wie eine Wahnsinnige all die Tampons einsammelte, die in weißer Unschuld auf dem Boden lagen. „Das passiert öfter, als Sie denken.“

Anscheinend war sie einem Nervenzusammenbruch näher, als sie dachte, da sie hysterisch fiepte: „Mir aber nicht! Ich hocke in einer vollgepinkelten Bluse und ohne Schuhe in einer Tierarztpraxis und sammle Tampons vom Boden auf! Außerdem hat einer der Hunde sein großes Geschäft in meinem grauenvollen Mietwagen verrichtet und meine Tasche zerstört. Sehen Sie mich doch an! Ich sehe aus, als wäre ich aus einer Hochsicherheitspsychiatrie entlaufen!“

Sein Glucksen trug nicht dazu bei, dass sie sich besser fühlte. Angesichts des attraktiven Tierarztes, der neben ihr stand und im Gegensatz zu ihr seine helle

Freude zu haben schien, fühlte sie sich in ihrer derzeitigen Position mehr als benachteiligt.

„Natürlich sehen Sie nicht aus, als wären Sie aus einer Hochsicherheitspsychiatrie entlaufen“, widersprach er geduldig.

Mit einem Schnauben sah Alexis zu ihm auf und kniff misstrauisch die Augen zusammen, bevor sie sich daran machte, dem Welpen den bereits halb zerkauten Tampon zu entreißen. Der Kampf um das Damenhygieneprodukt endete damit, dass sie zwar den zerfledderten Tampon in der Hand hielt, jedoch gleichzeitig eine Macke in ihrem Handballen hatte.

„Was ist nur mit diesem Hund los? Als ich die beiden fand, dachte ich, dass sie gleich sterben würden! Jetzt benehmen sie sich wie besessen“, jammerte sie und erhob sich wackelig.

Uneingeschränkt freundlich erwiderte Dr. Garner: „Es sind Welpen. Normalerweise sind sie zuckersüß, aber dann plötzlich bekommen sie ihre dollen fünf Minuten.“

„Das müssen aber lange fünf Minuten sein“, beschwerte sich Alexis trocken, fasste sich ein Herz und hob den kleinen Rabauken hoch, um ihn zurück auf den Tisch zu setzen.

„Sie haben die beiden also gefunden, sagen Sie, ...?“

„Alexis“, antwortete sie auf seine unausgesprochene Frage, hielt den Welpen fest und fuhr sich durch ihren Pony. „Die beiden saßen in einem Karton. Ich habe sie in mein Auto gesetzt und Wasser in meinen Schuh geschüttet, damit sie daraus trinken konnten. Anschließend haben sie geschlafen, gefiept, ihr Geschäft erledigt und meine Tasche zerstört.“

„Da scheinen die beiden ja einen ereignisreichen Tag verbracht zu haben.“

Alexis teilte seine Euphorie nicht wirklich und bat stattdessen: „Können Sie nachsehen, ob alles mit ihnen in Ordnung ist? Es war schrecklich heiß draußen ...“

„Aber sicher“, warf er freundlich ein und machte sich daran, den ersten Welpen in Augenschein zu nehmen.

Währenddessen beobachtete sie ihn mit Argusaugen und rückte ein Stück zurück, als die griesgrämige Sprechstundenhilfe ihm zur Seite eilte, um den kleinen Patienten festzuhalten. Mürrisch schaute Alexis an sich hinab und sagte sich sarkastisch, dass es schlimmer hätte kommen können. Wenigstens hatte sie dem netten Tierarzt nicht verraten, dass sie seit Ewigkeiten keinen Sex gehabt hatte und vermutlich deshalb so griesgrämig war, weil sie bald ihre Tage bekommen würde.

„Ihm geht es gut", konstatierte Dr. Gardner und lächelte beruhigend, während er mit einem Stethoskop die Ohren des Welpen untersuchte. „Er wirkt nicht einmal dehydriert."

Obwohl die beiden Racker ihr heute das Leben zur Hölle gemacht und sie in schlimmste Peinlichkeiten gestürzt hatten, stieg pure Erleichterung in Alexis auf. „Das ist schön, Dr. Gardner."

„Henry reicht völlig", beschied er charmant und schaffte es mit einem Augenzwinkern, dass glühende Hitze in Alexis Wangen stieg.

Geschmeichelt lächelte sie zurück.

„Welcher ist denn jetzt Dolce und welcher ist Gabbana?", ließ sich in diesem Moment die unfreundliche Stimme der Tierarzthelferin vernehmen, die irgendwann das Behandlungszimmer betreten haben musste.

Henry blinzelte und fragte mich einem Krächzen: „Dolce und Gabbana? Heißen die Hunde wirklich Dolce und Gabbana?“

„Natürlich nicht“, empörte sich Alexis und warf der Sprechstundenhilfe einen vernichtenden Blick zu.

„Aber Sie haben mir doch gesagt ...“

Alexis unterbrach sie mit einem hektischen Kopfschütteln. „Natürlich heißen sie *nicht* Dolce und Gabbana – das wäre immerhin mehr als albern.“

„Absolut“, bekräftigte Henry vergnügt und streichelte den Kopf des kleinen Welpen, der sich vertrauensvoll an ihn lehnte.

Zwar hatte Alexis keinerlei Erfahrung mit Tieren und hatte ihnen bisher – wie sie ehrlich zugeben musste – keine große Beachtung geschenkt, aber niedlich waren die kleinen Racker schon. Insbesondere in Kombination mit dem gut aussehenden Tierarzt.

Als Henry ihr nun den zweiten Welpen abnahm, um diesen zu untersuchen, krabbelte der erste zu ihr und leckte ihr freundschaftlich über die Hand, bevor er sich an sie lehnte und kurz darauf ein Schnarchen hören ließ.

„Es scheint so, als mag der Kleine Sie.“

„Mhh“, erwiderte Alexis und erlaubte sich ein kleines Lächeln, während sie dem Hund über das verfilzte Fell streichelte, das sicherlich voller Flöhe war. Niemals zuvor hatte sie sich dermaßen nach einem Bad gesehnt.

„Der kleine Mann scheint ebenfalls putzmunter zu sein“, konstatierte Henry plötzlich und nickte. „Beiden Welpen geht es gut. Sie müssen sich keine Sorgen machen, Alexis.“

„Puh.“ Sie lächelte erleichtert. „Schön zu wissen.“

„Ich werde Ihnen nichtsdestotrotz eine kleine Aufbaukur für die beiden mitgeben und sie gleich impfen. So, wie ich das sehe, scheinen sie ungefähr zwei Monate alt zu sein und erfreuen sich bester Gesundheit. Sie werden sicherlich Ihre Freude mit den beiden haben – egal, wie sie denn nun heißen.“

Alexis stockte und öffnete den Mund, während sie nach Worten rang. „Moment, Henry, also ... also ... ich habe die Hunde zwar gefunden, aber behalten kann ich sie wirklich nicht.“

Er schenkte ihr einen langen Blick, unter dem sich Alexis plötzlich wie der schlechteste Mensch der Welt fühlte. Da er nichts sagte, sondern sie weiterhin eingehend anstarrte, trat sie nervös von einem Bein auf das andere.

Aus dem Bedürfnis heraus, sich dafür zu verteidigen, dass sie die beiden Welpen nicht aufnahm, stotterte sie entschuldigend: „Ich ... ich bin kein Mensch, der Tiere hat. Bei mir hätten es die beiden sicherlich nicht besonders gut. Ich meine ... also ... ich bin kein schlechter Mensch oder so, aber ... aber ... aber ich weiß nicht ... nun ja ...“ Sie schluckte schwer und platzte heraus: „Woher soll ich wissen, was Hunde brauchen? Ich hatte noch nie einen!“

Sehr ruhig und gefasst erwiderte der Tierarzt milde: „Es gibt immer ein erstes Mal, Alexis.“

Sie schnitt eine Grimasse. „Das mag schon stimmen, aber ich kann die beiden wirklich nicht adoptieren.“ Alexis machte eine schwache Handbewegung. „Hunde passen nun einmal nicht in mein Leben hinein – dafür bin ich viel zu chaotisch.“

Natürlich wusste sie selbst, wie egoistisch das geklungen haben mochte, aber sollte sie dem tierlieben Henry tatsächlich sagen, dass sie mit Tieren nicht viel anfangen konnte? Sie gehörte nicht zu den Menschen, die beim Anblick eines Welpen in Entzückungsschreie ausbrauchen und die sich stundenlang süße Katzenvideos auf Youtube ansahen. Zwar fand sie kleine Tierbabys niedlich, aber sie verspürte nicht den Drang, die kleinen Stinker anzufassen, zu streicheln oder gar an sich zu drücken, immerhin hatte sie ihre Kleidung lieber flohfrei.

Tiere waren toll und es war toll, dass es Menschen gab, die sich um sie kümmerten, nur gehörte Alexis nicht dazu.

„Wenn Ihr Leben bereits chaotisch ist, passen Welpen erst recht zu Ihnen“, scherzte der blondhaarige Mann und lächelte weich.

Nein, sie würde sich von seinem ansteckenden Lächeln nicht dazu bereitschlagen lassen, die beiden Hunde doch noch mitzunehmen, schwor sich Alexis, während sie mit aller Kraft darum bemüht war, das attraktive Männerlächeln zu ignorieren.

„Die Hunde hätten es bei mir nicht gut“, widersprach Alexis. „Ehrlich! Ich weiß nichts von Hunden und arbeite viel zu viel. Es wäre doch sicherlich nicht gut für sie sein, wenn sie ständig allein gelassen würden.“

Während sie auf eine Antwort wartete, stand der Tierarzt vor ihr und streichelte den Welpen, der mit einem schmachtenden Hecheln zu ihm aufsah. Alexis musste die Zähne zusammenbeißen, da sie merkte, dass sie gegen einen gut aussehenden Tierarzt mit einem putzigen Welpen im Arm nicht so unempfindlich war, wie sie erwartet hatte.

„Es ist ein Mythos, dass Hunde nicht allein bleiben können, Alexis."

Gott! Warum verstand er nicht, dass sie die Hunde einfach nicht nehmen konnte? Sie klang wie die letzte Superzicke, als sie mit Verzweiflung einwarf: „Sie würden meine Kleidung, meine Schuhe und meine Taschen zerstören! Nein, es ist unmöglich ..."

„Das ist aber schade", ließ er sich betrübt vernehmen und drückte ihr gleichzeitig den Welpen in den Arm, der sich sofort schläfrig an sie schmiegte.

Gott, das war Erpressung – und der Tierarzt zielte allem Anschein genau darauf ab, sie weich zu kochen.

Geknickt verzog er sein gut geschnittenes Gesicht und seufzte schwer. „Wenn Sie die beiden nicht nehmen können, werde ich das Tierheim anrufen müssen."

„Ja“, bestätigte Alexis beklommen und schaute zögernd auf den Hund in ihren Armen hinab. Obwohl er gerade noch Jagd auf ihre Tampons gemacht hatte, sah er nun wie purer Zucker aus. Das kleine Ohr war umgeklappt, während er beim Schlafen schmatzte und mit einem winzigen Fiepen gähnte. „Das Tierheim ...“

Ein weiteres Seufzen ertönte. „Es wird sicherlich schwer sein, die beiden in gute Hände zu vermitteln.“

Verzagt starrte Alexis weiterhin auf den Welpen und schluckte schwer. „Aber Welpen sind süß. Die werden doch immer adoptiert.“

„Leider nicht. Im Sommer werden ständig Hunde und Katzen ausgesetzt, weil die Menschen in den Urlaub fahren. Vermutlich ist das Tierheim gerade rappelvoll.“ Der hinterhältige Tierarzt streckte seine Hand aus und streichelte den bedauernswerten Welpen hinter dem Ohr. Das Szenario, das er nun Alexis vor Augen führte, schaffte es, dass sie ihre Meinung über den attraktiven Henry revidieren musste. Der Mann war manipulativ ohne Ende.

„Vermutlich müssen die beiden Welpen mit anderen Hunden in einem Zwinger sitzen und werden irgendwann getrennt, *wenn* sich jemand findet, der ihnen ein Zuhause bieten kann. Erst saßen sie bei der schrecklichen Hitze in einem Karton und jetzt kommen sie ins Tierheim. Arme Kleine! Stellen Sie sich nur vor, wie ungeliebt die beiden sich fühlen müssen ..."

Alexis knirschte mit den Zähnen und begegnete seinen hellblauen Augen, als sie widerwillig aufsah. „Henry, ich weiß sehr wohl, was Sie hiermit bezwecken wollen."

„Ach ja?"

„Ja!" Sie nickte nachdrücklich. „Sie wollen mir ein schlechtes Gewissen machen, damit ich die Welpen nehme, aber das kann ich nicht! Ich lebe nicht hier, sondern bin geschäftlich in Hailsboro."

Abschätzend runzelte er die Stirn, um dann fröhlich zu entgegnen: „Vermutlich werden die beiden nicht einmal sehr groß."

Abwehrend schüttelte Alexis den Kopf. „Ich könnte nicht einmal einen zu mir nehmen. Mein Leben ist viel zu chaotisch. Ständig habe ich Termine ..."

„Es gibt sehr viele berufstätige Hundehalter."

Alexis sah ihre Felle davonschwimmen. „Ich habe Ihnen doch schon gesagt, dass ich keine Ahnung habe, was Hunde brauchen!“

„Das ist nicht schwer“, erwiderte der Tierarzt dermaßen lapidar, als würde er ihr eine Wegbeschreibung liefern. „Sie müssen sie füttern, ihnen Wasser geben und für Auslauf sorgen.“

Da sie nicht blöd war und bereits eine zweistündige Autofahrt mit den Welpen hinter sich hatte, schnaubte sie abfällig und legte den Kopf schief. „So einfach ist das also?“

Er zuckte gutmütig mit der Schulter und ging auf ihre Gegenfrage nicht ein. Stattdessen zitierte er: „Ein Leben ohne Hund ist zwar möglich, aber sinnlos.“

Nase rümpfend ächzte sie: „Nichts für ungut, aber ich saß in der unmittelbaren Umgebung der beiden, als sie Ausdünstungen von sich gegeben haben, die mich fast ohnmächtig haben werden lassen.“

Seine Antwort bestand aus einem tiefen Lachen, das sie nichtsdestotrotz mochte.

„Kommen Sie schon, Alexis“, schmeichelte Henry ihr. „Die beiden scheinen Sie zu mögen.“

Obwohl sie sich sagte, dass sie nicht hinsehen sollte, tat sie es dennoch und begegnete prompt dem knopfäugigen Blick des einen Hundes, während der andere sich einem Baby gleich in ihren Arm kuschelte.

Ein letzter Funke ihres Selbsterhaltungstriebes ließ sie protestieren. „Aber ... aber ich habe nicht einmal eine Leine!“

„Janine wird Ihnen mit ein paar Dingen aushelfen können, die sich hier angesammelt haben“, erläuterte der skrupellose Mann zufrieden. „Außerdem werde ich Ihnen für heute nicht einmal eine Rechnung ausstellen.“

Gequält schnappte Alexis nach Luft und biss auf ihre Unterlippe. Widerwillig und mit dem Gefühl, übers Ohr gehauen worden zu sein, stöhnte sie: „Schon gut, schon gut, aber ich behalte sie nur so lange bei mir, bis ich Hailsboro verlasse. Dann werde ich sie abgeben müssen!“

„Warten Sie es ab ...“

„Ich meine es ernst“, brachte Alexis mit so viel Autorität hervor, wie man sie besitzen konnte, wenn man eine vollgepinkelte Bluse trug, einen schnarchenden Hund im Arm hielt und zudem barfuß war, während sich der andere Hund dazu hinabließ, eine kleine Pfütze auf dem Boden zu hinterlassen. „Wenn ich Hailsboro verlasse, nehme ich die Hunde nicht mit, Henry. Das ist mein letztes Wort!“

Darauf antwortete der gute Doktor nicht, sondern wies seine Assistentin an, die Impfungen vorzubereiten.

3. Kapitel

Alexis bemühte sich, das Geheule der beiden Welpen zu ignorieren, das von der Rückbank ihres Mietwagens kam, während sie noch immer barfuß auf dem heißen Asphalt des Supermarktparkplatzes stand und wie besessen in ihrer Reisetasche wühlte, um eines ihrer Schuhpaare sowie ein Kleidungsstück zu finden, in dem sie nicht wie eine vollgepinkelte Landstreicherin aussah.

Während die heiße texanische Sonne ihr gnadenlos den Nacken versengte, wurde das Geheule der beiden Welpen immer lauter. Beide saßen nämlich in der riesigen Transportbox, die Alexis gnädigerweise von einem viel zu gut aussehenden Tierarzt gestiftet bekommen hatte, den sie momentan kaltblütig hätte ermorden können, und waren anscheinend sehr unglücklich darüber, nicht weiterhin das Mietauto zerstören zu dürfen.

Seufzend sagte sich Alexis, dass die Welpen nicht die einzigen waren, die unglücklich waren. Auch sie war schon einmal glücklicher gewesen.

Sie war in einer Stadt, in der sie eigentlich nicht sein wollte, sie musste eine Veranstaltung planen, die der Tiefpunkt ihrer Karriere war, sie kümmerte sich in der nächsten Zeit um zwei Welpen, die sie bereits jetzt um den Verstand brachten, und sie stank nach Pipi. Abgesehen davon, dass Alexis einen mordsmäßigen Hunger hatte, stand sie vor dem Problem, etwas Brauchbares zum Anziehen in ihrer Tasche zu finden und sich umzuziehen, bevor sie sich auf den Weg machte, den Bürgermeister zu treffen.

„Kann ich Ihnen helfen?"

Erschrocken fuhr Alexis hoch und stieß sich zu allem Überfluss den Kopf am Kofferraumdeckel ihres Mietautos.

„Oje", erklang die fremde Stimme mitfühlend, als sich Alexis umdrehte und sich schmerzverzerrt den Kopf rieb. „Ich wollte Sie nicht erschrecken."

Blinzelnd stand sie einer dunkelhaarigen Frau gegenüber, die ihr ein breites Lächeln schenkte, sie neugierig ansah und in Alexis den Wunsch auslöste, vorsichtshalber einen Schritt nach hinten zu machen, da ihr riesiger schwangerer Bauch aussah, als könnte er jeden Moment platzen.

„Schon gut“, beruhigte Alexis ihren Gegenüber mit schwacher Stimme und verzog das Gesicht, da ihr Schädel pochte. „Hoffentlich hat mir der Schlag etwas Verstand eingebläut.“

Fragend und freundlich zugleich legte die fremde Frau den Kopf ein wenig schief. „Verstand?“

„Oh ja“, erklärte Alexis inbrünstig. „Den scheine ich nötig zu haben.“

Das brachte die andere Frau zum Lachen, während sie ihr die Hand hinhielt. „Sie müssen Alexis Grayson sein. Wir haben Sie schon erwartet und befürchtet, dass Sie sich verfahren haben. Ich bin Cassidy Kennedy und werde Ihnen bei der Planung unseres Jubiläums helfen.“

„Oh.“ Zögernd erwiderte Alexis den Händedruck und konnte nichts gegen den Drang tun, zweifelnd auf den hochschwangeren Bauch vor sich zu starren.

Anscheinend hatte Cassidy Kennedy ihre Gedanken erraten, da sie fröhlich erklärte: „Keine Sorge, ich habe noch ein paar Wochen, bis ich außer Gefecht sein werde. Bis dahin stehe ich Ihnen mit Rat und Tat zur Seite.

Bislang habe ich bei der Organisation jeder Veranstaltung unserer Stadt geholfen und werde Sie hoffentlich unterstützen können."

„Das ... das klingt nett", entgegnete Alexis, die selbst merkte, dass ihr jegliche Umgangsformen abhanden gekommen waren. Vielleicht lagen ihre einsilbigen Antworten auch einfach nur daran, dass sie sich angesichts des mitleiderregenden Fiepens hinter sich nicht konzentrieren konnte.

Sie war nicht die Einzige, die das Fiepen bemerkte, da auch die schwangere Cassidy die Augenbrauen nach oben zog und interessiert die Mundwinkel kräuselte.

Auf die stumme Frage hin ließ Alexis die Schultern fallen und seufzte resigniert: „Auf dem Weg hierher habe ich zwei ausgesetzte Welpen gefunden."

„Ach!"

Alexis nickte verzagt und zupfte an ihrer lädierten Kleidung herum. Mit schwachem Humor deutete sie auf sich. „Keine Sorge, normalerweise laufe ich nicht wie ein Straßenkind herum, jedoch war ich in den vergangenen Stunden mit zwei kleinen Hunden beschäftigt. Sobald ich etwas Brauchbares zum Anziehen gefunden habe, wollte ich mich bei Mr. Lindsay melden. Hoffentlich habe ich Ihnen keine Umstände gemacht."

„Unsinn", winkte Cassidy gutmütig ab. „Kann ich Ihnen etwas abnehmen oder die Hunde zum Tierarzt bringen?"

Gerade noch konnte sich Alexis davon abhalten, ein wenig damenhaftes Schnauben auszustoßen und bei der Erwähnung des Tierarztes einen nervösen Anfall zu bekommen. Stattdessen verdrehte sie lediglich die Augen und zog ein Paar Shorts sowie eine kurzärmelige Sommerbluse aus ihrer Reisetasche.

„Ihren Tierarzt habe ich schon kennengelernt."

„Aha."

Sie überhörte das Amüsement in der Stimme der anderen Frau. „Dank ihm werde ich wohl in der nächsten Zeit auf zwei kleine Hunde aufpassen müssen."

„Aha", erklärte Cassidy Kennedy ein weiteres Mal belustigt.

Frustriert stöhnte Alexis auf und vertraute der fremden Frau an, während sie ihre Flipflops im Seitenfach der Tasche entdeckte und diese im Schweiße ihres Angesichts herauszog: „Fragen Sie mich nicht, wie er es geschafft hat, mich dazu zu überreden, auf die beiden Racker aufzupassen, aber bevor ich wusste, was geschah, hatte ich eingewilligt, sie zu mir zu nehmen. Dabei habe ich überhaupt keine Ahnung von Hunden!“

„Ich vermute, Sie sind nicht die Einzige, der das so geht.“

Warum die andere Frau kicherte, verstand Alexis nicht, jedoch wollte sie sich darum keine Gedanken machen, während das Geheule der Welpen sie um den Verstand brachte und sie morgen vermutlich einen grauenvollen Sonnenbrand im Nacken haben würde.

„Dr. Gardner hat es bisher geschafft, ziemlich vielen Stadtbewohnern herrenlose Tiere aufzuschwatzen. Mein Mann und ich sind seit einigen Wochen stolze Besitzer eines Hamsters.“

Allein der Begriff *Hamster* ließ Alexis zusammenzucken, jedoch tat sie so, als hätte sie nichts gehört und erwiderte gespielt fröhlich: „Es wird schon nicht so schwer sein, auf die beiden auszupassen, während ich Ihr Fest organisiere. Ich meine ... sie können ja nicht immer nur Unsinn anstellen.“

Dass sie mit dem Mut der Verzweiflung gesprochen hatte, musste auch Cassidy bemerkt haben, da sie vergnügt prustete.

„Sie machen das schon – und was unsere Feier betrifft: Keine Sorge, das schaffen Sie mit links."

Tatsächlich machte sich Alexis um die Jubiläumsfeier der Stadt am wenigsten Sorgen, auch wenn dies nicht gerade professionell klang.

Um sich und die andere Frau von ihren privaten Problemen abzulenken, schaute sie Cassidy ins freundliche Gesicht und fragte interessiert: „Darf ich fragen, weshalb Sie die Feier nicht alleine organisiert haben? Mein Chef hat mir kaum Informationen weitergeleitet ..."

„Das war wohl besser", unterbrach die schwangere Cassidy sie belustigt und verschob ächzend die Tasche auf ihrer Schulter. „Der Bürgermeister und ich glauben, dass ein Außenstehender die verfahrene Situation besser lösen kann als ein Einwohner Hailsboros. Sie müssen nämlich wissen, wir ... äh ... wir haben einige ... äh ... explosive Gemüter unter den Stadtbewohnern, die dieses Jubiläum sehr ernstnehmen."

Zweifelnd starrte Alexis die dunkelhaarige Frau an und fragte sich, was an der Organisation eines Stadtjubiläums derart kompliziert sein sollte. Jedoch wollte sie sich darum erst Gedanken machen, wenn sie in ihrer Unterkunft angekommen wäre, eine Dusche genommen hätte und die beiden Hunde versorgt hätte. Daher fuhr sie sich über die Lippen und seufzte auf: „Mit explosiven Gemütern kenne ich mich aus, immerhin zählen Hochzeitsfeiern zu meinen Spezialitäten."

„Gut zu wissen." Cassidy Kennedy, die Alexis dank der ungewöhnlichen Kombination ihres Vor- und Nachnamens ein wenig leid tat, nickte ihr auffordernd zu. „Soll ich Sie zu Ihrem Haus bringen? Hugh Lindsay hat mir gesagt, wo er Sie unterbringen wollte. Momentan müsste er sowieso unterwegs sein, wenn mich nicht alles täuscht."

Dankbar ließ Alexis den Kopf nach hinten fallen und knöpfte ihren Rock auf. „Das wäre großartig. Vielen Dank!"

„Äh ... was ... was tun Sie da, Alexis?"

Alexis schnitt eine Grimasse und ließ den durchlöcherten Rock zu Boden fallen, bevor sie in ihre

Shorts schlüpfte. So wie sie das sah, war der Parkplatz verlassen und niemand würde sich daran stören, dass sie sich aus ihrem vollgepinkelten Outfit schälte. „Ich wechsle meine Kleidung“, erwiderte sie daher lapidar.

„Aber das können Sie doch auch später tun“, warf Cassidy Kennedy so nervös ein, als würde Alexis vor dem Bus einer Strafanstalt einen Striptease abziehen und für eine Gefängnisrevolte verantwortlich sein.

„Kann ich nicht“, entgegnete Alexis fest und zog den Reißverschluss ihrer Shorts hoch. „Ich rieche nach Welpenurin.“

„Aber ...“ Die andere Frau verstummte.

Alexis war das gleich, da sie einfach die Bluse über den Kopf zog und das frische Oberteil anziehen wollte, als plötzlich ein Motorengeräusch neben ihr erklang, bevor sich eine bekannte und äußerst gut gelaunte Stimme räusperte: „Miss Grayson, ich fürchte, dass Sie das hier in der Praxis vergessen haben. Hallo Cassidy!“

Alexis wirbelte herum und stand nur in Shorts und BH bekleidet vor Dr. Henry Gardner, der ihr Handy in der Hand hielt und das ungefähr breiteste Lächeln zur

Schau trug, das sie jemals an einem Menschen gesehen hatte.

Während sie ihn sprachlos und wie der letzte Trottel anstarrte, ließ sich die andere Frau neben ihr vernehmen: „Hallo Henry."

„Wie macht sich euer Hamster?", fragte der Mann in dem dunklen SUV dermaßen ungezwungen, als wäre es für ihn alltäglich, mit einer Frau zu plaudern, während daneben eine andere Frau stand, die einen BH trug, der beinahe durchsichtig war.

Alexis wartete Cassidys Antwort nicht ab, sondern kehrte dem Tierarzt in rasender Eile den Rücken zu und zog sich so schnell das neue Oberteil über den Kopf, dass ein Knopf abriss. Wie es schien, war ihr Karma der Meinung gewesen, dass sie sich noch nicht oft genug vor besagtem Tierarzt blamiert hatte.

Während sich die beiden Stadtbewohner über einen Hamster sowie das grauenvoll heiße Wetter unterhielten, knöpfte sich Alexis die Bluse zu und schlüpfte anschließend in ihre Flipflops. So würdevoll wie nur möglich drehte sie sich zu dem uneingeschränkt freundlichen Mann um, der ihr aus seinem Geländewagen heraus das Handy entgegenhielt und den Eindruck machte, sich auf ihre Kosten göttlich zu amüsieren.

„Vielen Dank“, ließ sich Alexis verschnupft vernehmen, als sie ihm hoch erhobenen Hauptes das Handy aus der Hand nahm.

„Nichts zu danken“, erwiderte er schlicht und tippte sich an die Stirn. „Wenn die Damen mich entschuldigen wollen. Viele Grüße an deinen Mann, Cassidy!“

Bevor Alexis auch nur die Gelegenheit bekam, ihren Auftritt zu erklären oder den Eindruck zu revidieren, dass sie zu einer Nudistenvereinigung gehörte, die gerne auf öffentlichen Plätzen blank zog und zudem barfuß durch die Lande unterwegs war, war der Tierarzt auch schon verschwunden.

„Karma“, murmelte sie, als sie dem SUV hinterher sah, der den Parkplatz verließ.

„Wie bitte?“

Sie schüttelte sich und fing den fragenden Blick der anderen Frau ein. „Nichts“, beeilte sie sich, Cassidy Kennedy zu beruhigen. „Heute ist einfach nicht mein Tag.“

„Das kommt vor“, erwiderte Cassidy mitfühlend. „Warum machen wir uns nicht auf den Weg in Ihr neues Zuhause? Auf dem Weg dorthin könnte ich Sie auf den aktuellen Stand unserer Jubiläumsplanung bringen.“

Alexis ließ sich nicht anmerken, dass ihre Begeisterung von Sekunde zu Sekunde schwand, und nickte stattdessen.

„Gerne – vielleicht können Sie mich dann auch gleichzeitig beruhigen und mir sagen, dass die Geschichte, wie ich in Unterwäsche vor Dr. Gardner stand, nicht die Runde in Ihrer Gemeinde machen wird.“

Die andere Frau lachte perlend auf. „Darum sollten Sie sich keine Sorgen machen!“

„Weil Sie und Dr. Gardner nichts erzählen werden?“

Wieder lachte die schwangere Frau prustend auf. „Wohl eher, weil diese Stadt schon sehr viel aufregendere Schlagzeilen erlebt hat als Sie in Unterwäsche auf dem Supermarktparkplatz.“

4. Kapitel

Aus Dolce und Gabbana waren mittlerweile Stinker und Satansbraten geworden, was zu den beiden Welpen sehr viel besser passte.

Während der eine nämlich die ganze Nacht die schlimmsten Ausdünstungen der Menschheitsgeschichte von sich gegeben hatte, hatte der andere nicht nur bewiesen, dass er noch nicht stubenrein war, sondern hatte es geschafft, das Bettgestell anzuknabbern und seine Zähne in jedes verfügbare Möbelstück zu schlagen, das ihm in die Quere gekommen war.

Alexis fühlte sich wie gerädert und schwor sich, dem guten Tierarzt, der sie mit seinem blendenden Aussehen verwirrt und durch schlimmste Manipulationen dazu gebracht hatte, die beiden Welpen aufzunehmen, kaltblütig zu töten, wenn sie ihn das nächste Mal sehen sollte.

Seinetwegen hatte sie in der vergangenen Nacht nicht nur kein Auge zugetan und hatte öfter in dem winzigen Garten ihres Miethauses gestanden, um die

Hunde zum Pinkeln zu animieren, als dass sie im Bett gelegen hatte, sondern sie hatte außerdem ein halbes Vermögen für Hundeequipment ausgegeben, nachdem sie gestern die Tierarztpraxis verlassen und plötzlich bemerkt hatte, dass sie nun für zwei Welpen verantwortlich war. Anstatt sich auf ihren Job vorzubereiten, hatte sie gestern Abend ein Buch über Welpenerziehung gelesen und sich Notizen darüber gemacht, wie viel ein Welpe essen musste, was er essen durfte, wie häufig er spazieren gehen sollte und wie man ihm beibringen konnte, nicht alles anzunagen. Gegen die wichtigste Regel, keinen Welpen ins Bett zu lassen, nur weil er abends zu fiepen begann, hatte Alexis bereits nach drei Minuten verstoßen, weil das Geheule der beiden, die neben ihrem Bett gesessen und hoffnungsvoll hinauf gestarrt hatten, nicht zu ertragen gewesen war. Zu dritt hatten sie also im Bett gelegen, auch wenn Alexis trotz ihrer absoluten Müdigkeit an die Decke gestarrt und beinahe ängstlich darauf gewartet hatte, dass mindestens einer der Welpen zu pinkeln anfangen würde.

Aus diesem Grund war Alexis am nächsten Abend mehr als gerädert, als sie sich auf den Weg in die

Stadthalle machte, nachdem sie die Hunde mit einem mulmigen Gefühl verlassen hatte. Zwar hatten beide gerade erst ausgiebig gefressen, dennoch traute sie der friedlichen Ruhe nicht, in der sie aus dem Haus gegangen war. Außerdem sorgte sie sich darum, dass einer der Welpen eventuell etwas verschluckte oder krank würde, obwohl Alexis wusste, wie bescheuert das klingen musste.

In der Stadthalle angekommen musste sie feststellen, dass dort bereits das absolute Chaos herrschte. Eigentlich hatte sie immer gedacht, dass das Leben in einer Kleinstadt harmonisch ablaufen würde, doch hier stritten sich die Bewohner um diverse Gebäckstücke, die auf einem Tisch standen, fetzten sich um Sitzplätze und diskutierten laut über die anstehende Planung. Wie Alexis aus Erfahrung wusste, wurden Veranstaltungen umso komplizierter, je mehr Leute an der Planung beteiligt waren. Schon bei Hochzeiten entstand das größte Chaos, wenn Braut und Bräutigam sich beispielsweise nicht darüber einig wurden, ob die Tischkarten nun ein Altrosa oder ein Perlrosa haben sollten.

Für die Feier des Stadtjubiläums sah sie angesichts der vielen Beteiligten schwarz.

Dies schien auch der Bürgermeister so zu sehen, der sich ihr mit einem Augenverdrehen vorstellte und sie an die Seite zog, während die Stadtbewohner in die Stadthalle strömten und sich auf den Sitzen verteilten.

„Sind Sie bereit, sich in den Krieg zu stürzen?"

„In den Krieg?" Amüsiert verschränkte sie die Arme vor der Brust. „Eigentlich dachte ich, dass ich mich hier um eine Jubiläumsfeier kümmern soll, Mr. Lindsay."

„Hugh", erklärte der Mann schlicht, den Alexis auf Ende dreißig schätzte und der mit einem Stöhnen ausführte: „Wir versuchen seit einem halben Jahr diese Feier zu planen, doch bislang sind alle Versuche gescheitert. Daher habe ich Ihre Agentur kontaktiert. Natürlich will ich nicht, dass Sie sich unter Druck gesetzt fühlen, aber Sie sind meine letzte Hoffnung."

Vielleicht würde der Auftrag doch interessant sein, sagte sich Alexis, die noch nie vor einer Herausforderung zurückgeschreckt war. Neugierig wollte sie von dem Bürgermeister wissen, den sie sich eigentlich sehr viel älter und sehr viel weniger lässig vorgestellt hatte: „Darf ich fragen, weshalb Sie als Bürgermeister nicht einfach das Jubiläum alleine geplant haben? Viele Köche verderben den Brei ..."

Er stieß einen abfälligen Ton aus. „Ich soll etwas alleine planen? Bevor das geschehen würde, hätte ich um die einhundert Morddrohungen am Hals. Aber Sie werden das gleich selbst sehen."

Und das tat Alexis. Kaum hatte der resigniert wirkende Bürgermeister sie vorgestellt und auf das Podium des Saales geholt, begann bereits eine lebhafte Diskussion um ihre Fähigkeiten als Eventmanagerin, obwohl sie nicht einmal die Zeit gehabt hatte, sich selbst vorzustellen.

Insbesondere eine Gruppe grauhaariger Frauen, die die Sitze der ersten Reihen in Beschlag nahm, hielt sich mit ihrer Meinung nicht zurück.

„Was soll das überhaupt sein? Eventmanagerin? Ist das wieder so ein neumodischer Begriff für jemanden, der keine Berufsausbildung hat?", trompete eine korpulente Frau los, deren Gesicht frappierend der Miene der kleinen Bulldogge ähnelte, die erst gestern im Wartezimmer der Tierarztpraxis selig geschnarcht hatte.

„Mir ist egal, ob sie eine Ausbildung hat, solange sie unser Jubiläum ausrichtet“, erwiderte eine andere Dame dankenswerterweise.

„Aber woher soll sie denn wissen, was wir wollen?“

Für Alexis war dies das Stichwort, sich einzumischen. Mit einem Räuspern nickte sie in die Runde und bemühte sich um eine geduldige Stimme. „Sie müssen sich keine Sorgen machen, meine Damen. Selbstverständlich werden wir zusammen ein Konzept erarbeiten, in das Ihre Wünsche einfließen sollen. Um die anstrengende Organisation und den genauen Ablauf der Feier werde ich mich kümmern, damit Sie damit nichts zu tun haben müssen und Ihren Spaß an der Festivität haben können.“

Eigentlich hatte sie gedacht, dass sie vernünftig geklungen hatte, doch allem Anschein nach war es ihr nicht möglich gewesen, die anwesenden Damen zu beruhigen.

„Damit Sie es gleich wissen, wir wollen kein Motto für unser Fest haben!“

„Natürlich wollen wir ein Motto“, mischte sich die nächste Frau aus. „Mabel und ich haben schon gesagt, dass wir gerne alles nach dem Thema *Under the Sea* ausrichten würden."

Die Sitznachbarin der Frau mit der dicken Hornbrille schob ihr beleibtes Hinterteil zurück, worauf ein lautes Knarzen des Klappstuhls zu hören war. „Hast du den Verstand verloren, Trudy? Wir leben in Texas und nicht in Atlantis! Sollten wir auf die Schnapsidee kommen, ein Motto zu nehmen, dann wäre ein Rodeo passender!"

„Ein Rodeo, Alma? Sollen wir auf dieser Party kleine Kälber kastrieren und sie mit einem Brandeisen traktieren oder reicht es, wenn wir auf einen mechanischen Büffel steigen?", ächzte eine noch älter wirkende Frau mit vor Empörung funkelnden Augen.

„Ich habe eine neue Hüfte und werde sicherlich auf keinen mechanischen Büffel steigen, Alma Steiner!"

Unsicher huschten Alexis Augen zu Hugh, der noch immer die Arme vor der Brust verschränkt hatte und nicht wirkte, als würde er sich übermäßig große Sorgen um die explosive Stimmung unter den Damen machen.

Auch ohne Rückendeckung straffte sie die Schultern und erklärte mit fester Stimme ins Mikrofon: „Meine Damen, wäre es nicht sinnvoll, ein Festkomitee zu bilden, das mit mir zusammenarbeitet? Dadurch ließen sich die meisten Diskussionen minimieren, immerhin dauert es bis zu dem Jubiläum nicht mehr allzu lange."

Wie aus einem Mund erwiderten die Damen verwirrt: „Wir sind doch das Komitee!"

Darauf wusste Alexis nichts zu sagen, sondern schluckte im Hinblick auf die mehr als dreißig Personen, zu denen in diesem Moment ein weiterer dazu kam, als sich Dr. Henry Gardner in die hinterste Ecke setzte und sie mit einem wissenden Lächeln bedachte.

Na, wunderbar!

„Nichts gegen Sie, junge Frau, aber wir nehmen das Jubiläum unserer Stadt sehr ernst", unterbrach eine finster dreinschauende Frau Alexis Gedanken zu dem gut aussehenden Tierarzt, der ihr die beiden Welpen aufgeschwatzt hatte, die jetzt vermutlich dabei waren, irgendetwas zu verwüsten oder den nächsten Anschlag auf Alexis Kleidung zu planen.

„Sie können sich wirklich sicher sein, dass ich ebenso sehr wie Sie möchte, dass das Jubiläum Ihrer Stadt zu einem denkwürdigen Ereignis wird", bemühte sie sich, die aufgebrachte Dame mit aller Professionalität, die sie besaß, zu beruhigen.

Eine der Damen kniff die Augen zusammen und fixierte Alexis streng: „Hailsboro ist eine altehrwürdige Stadt, junge Frau. Die Gründerväter waren hartarbeitende Pioniere und äußerst gottesfürchtig.“

Noch während Alexis verwirrt mit den Augen blinzelte und angestrengt darüber nachdachte, was die verkniffen wirkende Lady mit dem grauenvollen Blouson ihr sagen wollte, ertönte ein abfälliges Seufzen. „Gerti, das ist doch nicht dein Ernst! Hailsboro wurde sicherlich nicht von hartarbeitenden Pionieren gegründet – und gottesfürchtig waren sie erst recht nicht! Die ersten Bewohner der Stadt waren Vagabunde und Halsabschneider, die den Nachbarn das Vieh gestohlen und eine Spelunke eröffnet haben, bevor sie daran dachten, eine Kirche zu bauen.“

Besagte Gerti schnappte nach Luft und grollte dann: „Mein Ur-ur-urgroßvater hat ...“

„Dein Ur-ur-urgroßvater hat meinem Ur-ur-urgroßvater Land unterschlagen und den Pfarrer aus der

Stadt getrieben, als er ihn wegen seiner Vorliebe für Bardamen ermahnte!“

„Das nimmst du zurück, Bessie!

Mit großen Augen verfolgte Alexis das Streitgespräch der zwei älteren Damen, die – um es ganz ehrlich zu sagen – selbst aussahen, als wären sie längst Urgroßmütter und würden einen Krückstock benötigen, um sich vorwärts zu bewegen. Nervös trat sie von einen Fuß auf den anderen, warf einen kurzen Blick zum Tierarzt in der letzten Reihe, der genau wie alle anderen Anwesenden keinen Anstoß daran zu nehmen schien, dass sich genau vor seinen Augen ein Streit entzündete, der vermutlich in einem Kampf bis aufs Blut enden würde, und bemerkte zu ihrer grenzenlosen Erleichterung, dass der Bürgermeister neben sie trat.

Sein Seufzen klang geradezu mitleiderregend, sodass Alexis vermutete, dass solche Auseinandersetzungen hier an der Tagesordnung waren. Entschuldigend flüsterte er: „Die Dame links ist die Großtante meines Vaters und die Dame rechts ist die Großmutter meiner Frau. Sie können sich nicht vorstellen, was ich an Feiertagen durchstehen muss.“

Alexis unterdrückte ein Lachen und presste amüsiert die Lippen aufeinander.

Die Stimme des Bürgermeisters klang wie die eines Vollzugsbeamten, der von heute auf morgen in den Kindergarten versetzt wurde, als er trocken in das Mikrofon blökte: „Das ist mittlerweile eure zweite Verwarnung, Gerti und Bessie. Muss ich euch heute etwa schon wieder auffordern, den Raum zu verlassen und euren Zwist draußen zu klären?"

Auch wenn Alexis keine Ahnung hatte, wie die beiden alten Damen ihren Zwist klären wollten, und sie plötzlich eine Vision vor ihren Augen hatte, wie beide ihre Zahnprothesen herausnahmen, bevor sie aufeinander losgingen, war sie dafür dankbar, dass die Ansage die Streithähne davon abhielt, weiterhin für Stunk zu sorgen.

„Jetzt lasst Miss Grayson doch bitte ihre Arbeit tun", ächzte Hugh Lindsay: „Euretwegen blieb mir gar keine andere Wahl, als eine professionelle Agentur mit der Planung unserer Feier zu engagieren."

„Aber ..."

„Wäre es euch lieber, wenn ich einen Exorzisten bestellt hätte?" Der Ton des Bürgermeisters troff vor beißendem Sarkasmus. „Ich stand ganz kurz davor! Ihr benehmt euch nämlich geradezu besessen, obwohl das Jubiläum nichts anderes als eine weitere Gelegenheit ist, euch mit Kuchen die Bäuche vollzuschlagen und über irgendjemanden zu lästern."

Aufgeregtes Japsen ertönte, das Alexis die Augenbrauen nach oben ziehen ließ.

„Man sollte dir den Hintern versohlen, Hugh Lindsay!"

Dieser schnitt eine Grimasse, verschränkte die Arme vor der Brust und fixierte die Großmutter seiner Frau, bevor er sie aufforderte: „Nur zu, Bessie. Nenn mir Zeit und Ort."

Um eine weitere Diskussion im Keim zu ersticken, erhob Alexis die Stimme und räusperte sich: „Vielleicht könnten Sie mir alle sagen, welche Art von Festlichkeit Sie sich eigentlich vorstellen. Soll das Jubiläum offen gefeiert werden? Erwarten Sie Gäste von außerhalb oder möchten Sie unter sich feiern?"

„Wir wollen klein feiern."

„Natürlich soll unser Jubiläum öffentlich zelebriert werden."

„Nicht zu klein, aber auch nicht zu groß."

„Also ich wäre ja für eine Feier, die mit Abstand bombastischer und großartiger als die Feier von Cornville aus dem letzten Jahr wird."

Endlich schienen die Damen einen Punkt gefunden zu haben, bei dem Einigkeit herrschte.

„Cornvilles Fest war absolut lächerlich! Es gab dort sogar Limonade in Plastikbechern! Außerdem feierten sie lediglich den einhundertsten Geburtstag der Stadt."

„Lächerlich!" Die Dame mit dem ausladenden Hinterteil schien das auszusprechen, was die meisten anderen dachten, da diese zustimmend nickten. „Wir wissen doch alle, dass die halbe Bevölkerung von Cornville aus Aufschneidern und überheblichen Idioten besteht, die meinten, unser Jubiläum übertrumpfen zu können, während die andere Hälfte aus zurückgebliebenen Päderasten besteht. Bevor ich mir von denen die Butter vom Brot nehmen lasse, erschieße ich mich lieber!"

Wo zum Teufel war Alexis bloß gelandet? Bei der Schießerei von O.K. Corral? Einmal mehr fragte sie sich, was sie in ihrem früheren Leben getan hatte, um diesen

Job verdient zu haben. Wie sollte sie das Jubiläum einer Stadt planen, wenn ungefähr jeder Bewohner an der Organisation beteiligt sein wollte? Dies würde niemals etwas werden, zumal das Fest in wenigen Wochen stattfinden sollte. Verzweifelt sah sie kommen, dass Gordon sie rauswerfen würde, falls sie das Kind nicht schaukeln könnte, und hoffte inständig, dass die Planung dieser Stadtfeier nicht zum ganz großen Desaster für sie werden würde.

Sobald die älteren Damen Luft holten, grätschte Alexis dazwischen und war sich der neugierigen Augen des Tierarztes bewusst, als sie entschlossen darlegte: „Am besten machen wir es so, dass Sie mir Ihre Wünsche in einen Fragebogen schreiben. Dann kann ich mich nach der Mehrheit richten und bemühe mich darum, alle Wünsche so gut wie möglich zu berücksichtigen."

„Wenn es eine edle Party werden soll, bin ich für Eisskulpturen!"

Da es Sommer war und sie sich mitten im heißen Texas befanden, verkniff sich Alexis ihre Antwort und legte stattdessen die Bögen aus, von denen sie hoffte, dass sie wenigstens etwas Ruhe in die Versammlung brachten.

Tatsächlich wurde es sehr viel ruhiger, was Alexis aufatmen ließ. Lieber würde sie die Fragebögen auswerten und in den nächsten Tagen einige Stadtbewohner und Geschäfte abklappern, bevor sie eine weitere Versammlung über sich ergehen lassen würde.

Kaum hatte sie das Podium verlassen, wurde sie von zig älteren Damen umlagert, die mit den unterschiedlichsten Ideen auf sie einredeten und die sie davon überzeugen wollten, unbedingt ihr Konzept zu nehmen. Mit der Entschuldigung, nach ihren Hunden schauen zu müssen, verabschiedete sie sich rasch von den aufdringlichen Frauen und stolperte auf dem Weg nach draußen förmlich über Henry Gardner, der seine Belustigung kaum verstecken konnte.

„Warum haben Sie mir gestern nicht erzählt, dass Sie extra nach Hailsboro gekommen sind, um unser Stadtjubiläum zu organisieren?“

Der Gedanke, dass sie heute sehr viel besser und weniger unzulänglich als gestern aussah, entspannte sie förmlich. Heute bestand wenigstens nicht die Gefahr, dass eine Maxipackung Tampons aus ihrer Handtasche fiel.

„Sie haben ja auch nicht gefragt“, erwiderte sie ruhig und zog anschließend die Mundwinkel beleidigt nach unten. „Ich habe mit Ihnen noch ein Hühnchen zu rupfen, Henry. Ihretwegen bin ich in der vergangenen Nacht kaum zum Schlafen gekommen!“

Er grinste breit. „Aha!“

Augenblicklich wurde sie feuerrot. „Nicht so, wie Sie meinen“, zischte sie und blökte los: „Es war eine dreiste Lüge von Ihnen, dass Welpen relativ flegeleicht wären! Mittlerweile weiß ich, dass Sie mich übers Ohr gehauen haben.“

„Ach!“ Nicht im Mindesten eingeschüchtert strahlte er eher eine absolute Zufriedenheit aus. „Wie geht es denn Dolce und Gabbana?“

Genervt verdrehte sie die Augen. „Ich habe sie umgetauft. Mittlerweile heißen sie Stinker und Satansbraten.“

Die Lachfältchen um seine Augen kamen zum Vorschein, als er ein heiseres Lachen ausstieß. „Klingt doch gut.“

„Finden Sie?“ Frustriert hob sie eine Hand. „Vermutlich werde ich ihre Namen ein weiteres Mal ändern müssen, wenn ich zurück in mein derzeitiges Heim komme.“

„Wieso?“, wollte er mit milder Neugierde wissen.

Alexis ignorierte das nervöse Magenflattern, das sie überkam, als sie das Funkeln in seinen hellblauen Augen wahrnahm, und erwiderte im vollen Ernst: „Weil sie dann sehr wahrscheinlich Teppichpinkler und Tapetenzerstörer heißen werden.“

Der Tierarzt schien geradezu unbarmherzig zu sein und keinerlei Mitgefühl für sie zu empfinden, da er gut gelaunt erklärte: „Oh ja, Welpen lieben Teppiche und Tapeten, aber das geht vorbei.“

Zwar hatte sich Alexis die beiden Welpen für die Zeit ihres Aufenthaltes in Hailsboro aufschwatzen lassen, aber sie war fest entschlossen, für die beiden ein anderes Zuhause zu finden, bevor sie wieder nach Chicago fliegen würde. Sie war kein Mensch, der Tiere hielt, auch wenn sie die beiden Racker extrem süß fand. Wie sollte sie sich schließlich später einmal um zwei ausgewachsene Hunde kümmern, wenn sie jetzt nicht einmal in der Lage war, mit zwei kleinen Welpen umzugehen? Resolut erwiderte sie daher: „Die Zeit, in der die beiden nicht mehr alles anknabbern, werde ich wohl nicht mehr erleben, schließlich passe ich nur auf sie auf, bis ich Hailsboro wieder verlasse.“

Täuschte sie sich oder wirkte das Lächeln des freundlichen Tierarztes plötzlich ziemlich aufgesetzt. „Wenn Sie meinen.“

Alexis wollte sich von ihm unter keinen Umständen ein schlechtes Gewissen machen lassen und wehrte daher ab: „Es ist besser so. Ich bin einfach kein Mensch, der Tiere hält. Bei mir hätten sie es niemals so gut wie in einer netten Familie mit Kindern. Himmel, ich schaffe es nicht einmal, meine Zimmerpflanzen am Leben zu erhalten.“

Henry Gardner antwortete mit einem Brummen und ließ seine Augen über ihren Kopf hinweg zu der Gruppe Stadtbewohner schweifen, die hinter ihr standen.

Obwohl Alexis sich durchaus bewusst war, dass sein Verhalten ein wenig abweisend wirkte, rieb sie kurz ihre Lippen aufeinander und setzte ein unsicheres Lächeln auf, bevor sie ihn fragte: „Das kommt sehr plötzlich, ich weiß, aber hätten Sie vielleicht Lust, mit mir noch etwas trinken zu gehen?“

Der gut aussehende Mann, der bislang nicht müde geworden war, seinen Charme zu versprühen, runzelte nachdenklich die Stirn, seufzte und erteilte Alexis eine Abfuhr. „Es tut mir leid, aber ich gehe grundsätzlich nicht mit den Besitzern meiner Patienten aus. Haben Sie noch einen schönen Abend, Alexis.“

Perplex starrte sie ihm nach und bemerkte deprimiert, dass ihr Karma noch lange nicht fertig mit ihr war.

Außerdem setzte es noch einen drauf, als Alexis nach Hause kam und feststellte, dass sich ihr Lederstiefelpaar rapide dezimiert hatte, da von dem kniehohen Stiefel nur noch die Sohle existierte.

Die beiden Welpen jedoch hätten nicht zufriedener wirken können, als sie ihr zeitweises Frauchen mit einem verzückten Schwanzwedeln begrüßten.

5. Kapitel

„Ich wollte Sie nicht aus dem Bett klingeln, aber im Internet stand, dass Hunde eine Magendrehung bekommen könnten.“ Alexis rang die Hände und nahm anschließend Satansbraten auf den Arm, um für einen winzigen Moment die Nase in seinem Fell zu vergraben und Luft zu holen.

Sie wusste, dass es albern war, völlig auszuflippen, weil die Hunde ihren Stiefel gefressen hatten, aber nach den Schreckensberichten im Internet hatte sie begonnen, sich Sorgen um die beiden Welpen zu machen.

Ihre derzeitige Stimmung schwankte von Ärger, zu Resignation und kam nun einer Panik gleich. Es waren zwar nur Hunde, aber ...

Wenn es kleine Babys gewesen wären, dann hätte Alexis verstanden, warum sie sich so verrückt machte, aber Hunde waren nun einmal keine Menschen. Warum also zitterte sie und brach in Schweiß aus, seit sie gelesen hatte, dass Hunde mit einer Magendrehung sterben konnten? Es waren ja nicht einmal ihre Hunde! Sie hatte die beiden nur aufgegabelt und hatte sich von einem viel zu attraktiven Tierarzt dazu überreden lassen, die beiden bei sich zu behalten, bis sie wieder die Stadt verließ.

Besagter Tierarzt betrat gerade ihr Häuschen und warf einen kurzen Blick auf ihren knappen Pyjama, den sie sich angezogen hatte, als sie noch extrem verärgert darüber gewesen war, dass die beiden Welpen ihren schönen Stiefel gefressen hatten, und bevor sie im Internet über die Auswirkungen dieses *Snacks* recherchiert hatte. Da er noch die gleiche Kleidung wie zur Stadtversammlung trug, ging Alexis davon aus, dass er einen angenehmeren Abend als sie verbracht hatte.

Glücklicherweise schaffte es ihre Sorge, die Peinlichkeit auszublenden, dass sie vor nicht einmal zwei Stunden eine Abfuhr von ihm kassiert hatte.

„Kein Problem“, antwortete der Mann lässig und schloss die Fliegengittertür hinter sich, während er einen Arztkoffer trug. „Ich war sowieso noch unterwegs und musste nur kurz in die Praxis, um meinen Koffer zu holen. Was haben die beiden denn nun angestellt?“

Außer, dass die beiden Welpen dafür verantwortlich waren, dass Alexis ihren Job vernachlässigte und den

Verstand verlor? Mit belegter Stimme krächzte sie: „Sie haben einen Stiefel gefressen. Einen Stiefel! Nur die Sohle haben sie übrig gelassen!“

Als müsste sie ihm beweisen, dass sie keinen Hirngespinsten nachging, ließ sie Satansbraten hinunter und marschierte zu dem kleinen Tisch, auf dem die zerkaute Sohle lag, die einmal zu einem kniehohen Stiefel aus Leder gehört hatte, mit dem Alexis diverse Komplimente eingefahren hatte. Tatsächlich hatte sie nicht einen Drink bezahlen müssen, wenn sie mit diesen Stiefeln ausgegangen war. Jetzt waren diese Zeiten anscheinend vorbei – und das Schlimmste war, dass sie nicht einmal so sehr dem blöden Stiefel hinterhertrauerte, der immerhin ein kleines Vermögen gekostet hatte, sondern mit ängstlicher Sorge die beiden Welpen beobachtete, die einen kompletten Frauenstiefel aus schwarzem Leder gefressen hatten!

„Hatten Sie den beiden nichts zu fressen gegeben?“

Wie eine Furie fuhr sie zu dem schwach belustigten Tierarzt herum und schnaubte wie ein Wasserbüffel. „Natürlich habe ich ihnen zu fressen gegeben! Ich gebe ihnen sogar mehr, als in dem bescheuerten Buch steht, dessen Tipps man in die Tonne kloppen kann! Sie waren satt und haben geschlafen, als ich das Haus verlassen habe. Aber als ich nach Hause kam, legten sie mir freudestrahlend die übriggelassene Sohne vor die Füße!“

Alexis war dermaßen in Rage, dass man auf ihren Wangen vermutlich ein Ei hätte braten können.

Wie die Ruhe selbst bückte sich der Tierarzt und kraulte Stinker hinter dessen Klappöhrchen. „In Zukunft sollten Sie ihre Schuhe hochstellen.“

Für klugscheißerische Ratschläge war sie momentan nicht empfänglich, wollte es sich mit dem Tierarzt jedoch nicht völlig verderben, immerhin hatte sie das Gefühl, ihn auch weiterhin zu brauchen, weshalb sie ihre Wut hinunterschluckte. Stattdessen begann sie an ihren Nägeln zu knabbern und würgte hervor: „Ist es sehr schlimm? Müssen sie operiert werden? Werden sie sterben?“

Hellblaue Augen blitzten belustigt zu ihr hoch. „Sie hatten wirklich noch nie ein Haustier, oder?“

Was wollte er ihr damit denn sagen?

Angespannt holte sie tief Luft und verteidigte sich aufgebracht. „Habe ich Ihnen nicht gesagt, dass ich nicht der Typ bin, der Tiere hat? Ich habe es Ihnen gleich gesagt!“

„Alexis ...“

Es brach aus ihr heraus: „Als Kind durfte ich eine Nacht lang auf den Klassenhamster aufpassen und fand ihn morgens tot in seinem Käfig! Nicht einmal ein kleiner Hamster hat bei mir überlebt. Ausgerechnet ich werde zur Hamstermörderin, während die Kinder aus den drei Jahren vor mir ihn unbeschadet wieder mit in die Schule genommen haben. Bis zur Highschool wurde ich Hamstermörderin genannt!“

Dass er nun in dröhnendes Gelächter ausbrach und dabei von beiden Hunden angesprungen wurde, half Alexis nicht weiter.

„Großer Gott“, lachte er. „Eine Hamstermörderin weilt unter uns!“

„Das ist überhaupt nicht komisch“, beschwerte sie sich. „Damals war ich neun Jahre alt und habe tagelang geheult, dass ich Floppy auf dem Gewissen hatte! Immer wenn ich daheim fragte, ob meine Schwester und ich einen Fisch, eine Katze oder einen Hund haben dürften, verwiesen meine Eltern mich daran, dass Floppy in meiner Obhut gestorben war."

Der mitleidslose Tierarzt wischte sich eine Träne aus dem Auge und lachte noch immer stumm vor sich hin.

„Floppy ...", krächzte er lachend und blinzelte zu ihr auf. „Floppy starb vermutlich an Altersschwäche, wenn ihn drei Klassen vor Ihnen schon betreut hatten. Sie hatten nur das Pech, dass er ausgerechnet bei Ihnen starb."

Besonders tröstlich war das nicht, weshalb Alexis eine Grimasse schnitt und die Nase rümpfte. „Karma."

„Wie bitte?"

„Karma", erwiderte sie laut und deutlich, um dann geradezu widerstrebend zu erklären: „Ich weiß nicht, was ich in einem meiner früheren Leben getan haben muss, aber mittlerweile glaube ich, dass ich für irgendetwas sehr, sehr Schlimmes verantwortlich sein muss ... vielleicht für einen Krieg, einen Vulkanausbruch oder für Polyesteranzüge."

Obwohl sie es ernst gemeint hatte, prustete ihr Gast vergnügt und nahm Stinker auf den Arm, während er sich erhob.

„Polyesteranzüge?“

„Ich hasse Polyesteranzüge“, beteuerte Alexis und sah dem attraktiven Tierarzt voll ins Gesicht, bevor sie sich widerstrebend räusperte und auf den kleinen Welpen deutete. „Was ist jetzt mit den beiden? Ich mache mir Sorgen, dass ihnen etwas fehlt.“

Angesichts der Tatsache, dass weder Stinker noch Satansbraten fröhlicher hätten sein können, musste Henry Gardner sie für komplett durchgedreht halten, doch das war Alexis egal. Obwohl es nicht ihre Hunde waren und obwohl sie die beiden in nicht allzu ferner Zukunft abgeben würde, wollte sie nicht, dass sich Floppys Geschichte wiederholte. Mochte sie auch als Hamstermörderin gelten, doch um die beiden Welpen würde sich Alexis großartig kümmern.

„Wissen Sie denn, ob beide Welpen etwas von Ihrem Stiefel gefressen haben?“

Ahnungslos hob sie die Hände. „Als ich nach Hause kam, fand ich lediglich den zerstörten Stiefel vor. Zwar habe ich die Wohnung abgesucht, aber keine Überreste entdeckt.“

„Dann würde ich davon ausgehen, dass es sich beide haben schmecken lassen.“

Dass der Mann dermaßen sorglos klang, war Alexis ein Rätsel. Es konnte für zwei Hundebabys sicherlich nicht gut sein, einen Lederstiefel samt Schnürsenkel zu fressen!

In einem Anflug von ängstlicher Sorge verschränkte sie die Arme vor der Brust und wisperte: „Müssen beide operiert werden?“

„Niemand muss operiert werden.“

„Sind Sie sicher? Und was ist mit dem Schnürsenkel?“

Er zuckte mit der Schulter und grinste breit. „Der wird wie der Rest des Stiefels wieder herauskommen, nachdem ich beiden eine Spritze gegeben habe.“

Alexis hatte keine Ahnung, was er damit meinte, aber sie wollte auch gar nicht allzu genau wissen, was Henry vorhatte. Daher beobachtete sie schweigend, wie er die beiden Hunde beruhigte, sie hinter den Ohren kraulte und von Stinker und Satansbraten beinahe angeschmachtet wurde, bevor er in seiner Tasche herumkramte und zwei Spritzen aufzog.

Der Anblick brachte sie beinahe um. Leider war sie eine schreckliche Mimose, was Nadeln betraf, und fand die Vorstellung, dass die beiden winzigen Welpen mit Spritzen traktiert wurden, grauenvoll. Um sich von einer potentiellen Ohnmacht abzulenken, fragte sie den attraktiven Tierarzt, der Stinker schnappte und ihn einfach auf den Esstisch im Wohnzimmer setzte: „Gehören Sie auch zu dem Festtagskomitee?"

Ohne mit der Wimper zu zucken, verabreichte der blonde Mann mit dem großzügigen Lächeln Stinker die Spritze und erwiderte, während er den erschrockenen Welpen schnell ablenkte: „Nein. Glücklicherweise konnte ich mich davor drücken."

Alexis schluckte und empfand großes Mitleid mit Stinker, der kurz losgefiept hatte und nun die Männerhand leckte, die ihn kraulte. „Sie machen mir vielleicht Mut. Ich befürchte, dass ich der Aufgabe, dieses Jubiläum auszurichten, nicht gerecht werden kann."

„Sie werden nicht alle Bewohner zufriedenstellen können", erklärte er gut gelaunt und ließ Stinker hinunter, bevor er sich Satansbraten schnappte, der gerade dabei gewesen war, seinen eigenen Schwanz anzunagen. „Aber das erwartet auch niemand. Eigentlich hoffen wir, dass es überhaupt so etwas wie ein Fest geben wird, nachdem alle bisherigen Versuche gescheitert sind.“

„Ich wiederhole: Sie machen mir vielleicht Mut.“

Das ließ ihn lachen.

Dummerweise machte sein Lachen ihn gleich noch ein Stück sympathischer, obwohl er gleichzeitig eine Spritze in Satansbratens Nacken versenkte und dem Welpen ein jämmerliches Heulen entlockte.

Über das Gejammere des Welpen hinweg hakte Alexis nach: „Ist dieses Jubiläum sehr wichtig für die Bewohner?“

„Ich schätze schon ...“

„Sie schätzen?“

Der Tierarzt nahm Satansbraten auf den Arm und streichelte den Kleinen beruhigend, während er ihr über die Schlappohren des Hundes hinweg einen kurzen Blick schenkte. „Ich bin erst seit einigen Monaten Einwohner dieser Stadt. Von daher kann ich Ihnen nicht wirklich sagen, wie die Einheimischen ticken. Für mich sind sie meistens selbst noch ein Buch mit sieben Siegeln.“

„Ach." Alexis runzelte die Stirn. „Ich dachte, dass Sie hier geboren wären ..."

Mit einem Kopfschütteln unterbrach er sie und kraulte den Welpen unvermindert hinter seinem Ohr. „Ich komme aus North-Carolina und habe bis vor einem halben Jahr in Atlanta gelebt, bis ich hier die Tierarztpraxis übernommen habe."

„Atlanta." Alexis schluckte kurz und fragte anschließend zurückhaltend nach: „Ist es nicht schwierig, sich ans Landleben zu gewöhnen, wenn man vorher in einer Großstadt gelebt hat?"

„Wenn Sie damit meinen, dass es eine Umstellung ist, weder das Auto noch die Haustür abschließen zu müssen und an die Tür seiner Nachbarn anzuklopfen, um nach etwas Butter zu fragen und gleich darauf zum Barbecue eingeladen zu werden, anstatt die Tür vor der Nase zugeknallt zu bekommen, haben Sie recht. Es *ist* eine Umstellung."

Kurz dachte Alexis darüber nach, ob sie ihre Nachbarn in Chicago überhaupt kannte, bevor sie innerlich den Kopf schüttelte. „Das verstehe ich, aber ...

aber wird es nicht langweilig? Ich meine ... gibt es hier ein Kino?“

Er prustete vergnügt. „Weshalb bin ich wohl zur heutigen Stadtversammlung gekommen? Die sind meistens besser als jeder Kinofilm! Obwohl ich zugeben muss, dass es mir in Atlanta beispielsweise noch nie passiert ist, dass sich eine Frau auf dem Supermarktparkplatz umgezogen hat.“

„Oh.“ Angezogen von seinen blauen Augen und der Tatsache, dass er einen Welpen im Arm hielt, während er ihr ein schmeichelndes Lächeln schenkte, wusste Alexis einen kurzen Augenblick nicht, wo ihr der Kopf stand. Gleichzeitig schoss ihr dunkle Röte ins Gesicht.

Aus dem Bedürfnis heraus, sich vor ihm zu verteidigen und die Situation aufzulockern, krächzte sie schwach: „Gestern war nicht mein glorreichster Tag, das gebe ich zu, aber Sie müssen mir zugute halten, dass ich nach der Rettungsaktion und einer Autofahrt mit den beiden jedes Anrecht auf einen Striptease auf dem Parkplatz hatte.“

„Das hatten Sie allerdings", entgegnete er amüsiert. „Außerdem hat Ihr unfreiwilliger Striptease zur allgemeinen Erheiterung beigetragen."

„Was?!"

„Nun ja, Ronny von der Tankstelle war von Ihrer Unterwäsche mehr als begeistert."

Es dauerte einen Moment, bis Alexis begriff, was der Tierarzt ihr sagen wollte. Erschrocken klappte sie den Mund auf. „Ronny? Welcher Ronny?!"

„Ronny von der Tankstelle." Ahnungslos hob der blonde Mann eine Schulter hoch und runzelte die Stirn. „Seinen Nachnamen kenne ich nicht. Ich weiß nur, dass er an der Tankstelle arbeitet, einen schwarzen Schneidezahn besitzt und gestern Abend in der Kneipe herumerzählt hat, dass Sie sich auf dem Supermarktparkplatz umgezogen und ihm einen tollen Anblick geboten haben."

„Was?!" Zwischen Entsetzen und Verlegenheit hin und her gerissen starrte sie ihren Gast an und fragte sich, ob die Kunde ihres Striptease schon die Runde in der Stadt gemacht hatte. „Aber ... aber ich habe mich extra umgesehen! Es kann mich niemand beobachtet haben – außer Cassidy und Ihnen."

Der Tierarzt neigte den Kopf zur Seite und quälte sie mit einem amüsierten Funkeln im Blick. „Wie ich gehört habe, hockt Ronny gerne mit einem Fernglas in seinem Truck und beobachtet die Frauen von Hailsboro."

„Ein Spanner?" Empört schnappte Alexis nach Luft. „Wollen Sie mir sagen, dass er ein Spanner ist?"

Henry schnalzte mit der Zunge. „Ich würde ihn eher den Dorftrottel nennen."

Fassungslos schüttelte sie den Kopf. „Wollen Sie mir sagen, dass niemand etwas gegen einen Spanner tut?"

Völlig unbekümmert lächelte er sie an. „Sie werden noch herausfinden, dass hier in Hailsboro alles ein wenig anders ist."

Das konnte Alexis nicht trösten. Unbehaglich schlang sie die Arme um ihren Oberkörper. „Wunderbar", murmelte sie. „Diese Stadt wird mir nicht sympathischer."

„Warten Sie es ab! Sobald Sie die Bäckerei der Frau unseres Bürgermeisters besucht haben, werden Sie Ihre Meinung ändern."

Alexis wusste, dass kein Kuchen dieser Welt sie darüber hinwegtrösten konnte, dass sie anscheinend in eine Stadt voller Freaks geraten war, anstatt in Miami zu sein und die großartigste Party des Jahres auszurichten.

Da sie den netten Tierarzt nicht vergraulen wollte, sondern eine Chance sah, mit ihm einen Kaffee trinken zu gehen, schließlich plauderten sie gerade extrem angeregt miteinander, öffnete sie den Mund, als sein Handy zu klingeln begann.

Freundlich nickte er ihr zu, ließ den kleinen Welpen hinunter und nahm das Gespräch an.

Nachdem er einige Fragen beantwortet hatte und von Sekunde zu Sekunde stärker die Stirn runzelte, legte er mit den Worten auf: „Ich bin in fünf Minuten da.“

Alexis Hoffnung, weiterhin mit ihm zu reden und ihn zu einem unverbindlichen Date zu bewegen, zerplatzte wie eine Seifenblase, als er seine Tasche verschloss und sie bedauernd ansah. „Ein Notfall. Ich fürchte, dass ich Sie allein lassen muss.“

„Ach.“ Nachlässig wedelte sie mit der Hand vor ihrem Gesicht herum. „Machen Sie sich um uns keine

Sorgen. Ich werde die Welpen in ihre Körbchen bringen …"

„Damit würde ich noch warten, wenn ich Sie wäre", unterbrach er sie und nahm seine Tasche auf.

„Warum?" Verwirrt starrte Alexis von dem blondhaarigen Tierarzt zu beiden Welpen, die unruhig mit ihren Schnauzen über den Linoleumboden der Küche schabten.

Henry erklärte mit der gelassensten Stimme, die Alexis jemals gehört hatte: „Anstatt sich ins Bett zu legen, sollten Sie mit beiden lieber spazieren gehen."

Misstrauisch beäugte sie die gebrauchten Spritzen, die auf ihrem Küchentisch lagen. „*Was* haben Sie den beiden überhaupt gespritzt?"

„Apomorphin", entgegnete er gelassen. „Eine sogenannte Kotzspritze. Sie wirkt ziemlich schnell, daher wäre es am besten, wenn Sie die beiden in den Garten lassen. *Jetzt*."

Keine zwei Minuten später sah Alexis den Rücklichtern des SUVs des Tierarztes hinterher, während sie mit den Zähnen knirschte und auf seine Anweisung hin genau beobachtete, wie beide Welpen alles von sich gaben, was sie heute gefressen hatten. Ronny jedenfalls hätte seine Freude an ihr gehabt, wie sie in kurzer Unterwäsche durch ihren Vorgarten schlich und mit einer winzigen Gartenharke das Erbrochene der beiden Hunde nach Überresten ihres Stiefels durchsuchte.

6. Kapitel

Alexis schlich unsicher vor der Bäckerei der Stadt umher, hielt zwei Leinen in der Hand und nagte auf ihrer Unterlippe herum, weil sie keine Ahnung hatte, was sie mit den beiden Welpen machen sollte. Zwar sah sie im Eingang kein Schild, das darauf hinwies, ob Hunde erwünscht oder unerwünscht waren, aber nach einer weiteren schlaflosen Nacht war sie sowieso nicht mehr Herr ihrer Sinne.

Obwohl es jetzt so aussah, als wären Stinker und Satansbraten das blühende Leben, hatte Alexis noch nicht vergessen, wie schwach beide gestern Nacht gewesen waren, als sie durch den Vorgarten geschlichen waren und sich mehr als ein Dutzend Mal übergeben hatten – jeder für sich.

Tatsächlich hatte Alexis gedacht, dass die beiden Hunde sterben würden, so schwach und kränklich hatten sie ausgesehen, als sie sich vor lauter Erschöpfung ins Gras gelegt hatten, nachdem sie den gepflegten Vorgarten mit ihrem Erbrochenen beehrt hatten. Zwar hatte Henry sie vorgewarnt, dass beide Hunde vermutlich so wirken würden, als würde ihr letztes Stündlein schlagen, dennoch hatte sie ihn panisch angerufen und bei der Geburt eines Kalbes gestört. Da er nicht ein weiteres Mal zu ihr und den Welpen hatte kommen können, war Alexis den beiden Hunden nicht von der Seite gewichen und hatte sie schon wieder in ihr Bett genommen. Je einen Welpen im Arm hatte sie nachts an die Zimmerdecke gestarrt und sich geschworen, niemals ein Kind zu bekommen. Wenn die Pflege zweier Hundebabys schon dermaßen aufreibend war, wollte sie erst gar nicht wissen, welches Wrack sie abgeben würde, wenn sie jemals ein Baby bekommen würde.

Aus Rücksicht auf die kleinen Hunde mit dem sandfarbenen Fell und den verschlagenen Knopfaugen, aber auch aus Rücksicht auf ihre Besitztümer hatte Alexis Stinker und Satansbraten also eingepackt, als sie zu ihrem Termin aufgebrochen war, den ihr Cassidy vermittelt hatte.

„Kommen Sie herein, Alexis“, ertönte in diesem Augenblick eine freundliche Stimme hinter ihr.

Alexis drehte sich um und sah ein bildschönes Gesicht, das zu einer nur wenige Jahre älteren Frau gehörte, die sich aus der Tür der Bäckerei lehnte und ihr ein einladendes Lächeln schenkte. „Cassidy sitzt bereits drinnen und genießt einen Erdbeerkuchen. Kommen Sie ruhig herein, wir beißen nicht. Mein Name ist Kate – Hugh Lindsay ist mein Mann."

Das fröhliche Blitzen ihrer Augen erwiderte Alexis mit einem resignierten Seufzer und deutete auf Stinker und Satansbraten. „Wäre es zu viel verlangt, wenn ich die beiden mit hineinnehme?"

Anscheinend war Alexis tatsächlich die einzige Frau, die nicht in hemmungsloses Gekreische verfiel, wenn sie einen Welpen sah, da auch die unbekannte Frau einen entzückten Laut von sich gab und die Hände zusammen schlug.

„Ach Gott! Wie süß die beiden sind! Natürlich können Sie sie mit in die Bäckerei nehmen."

Bevor es sich Alexis versah, stand die Frau neben ihr und nahm ihr einen der Welpen ab, den sie hochhob und ohne jede Hemmung an sich drückte. Dass sie eine blütenweiße Schürze trug, schien sie nicht zu kümmern.

Stattdessen flüsterte sie ihr erleichtert zu: „Sie können sich nicht vorstellen, wie dankbar ich Ihnen bin. Vermutlich haben Sie meine Ehe gerettet."

Mit riesigen Augen schwang Alexis ihren Kopf zu der anderen Frau herum. „Wie bitte?"

Amüsiert lachte die dunkelhaarige Kate und zwinkerte ihr zu. „Ich dachte, dass dieses furchtbare Jubiläum über kurz oder lang dazu führen würde, dass mein Mann und ich die Scheidung einreichen könnten. Ständig kam er schlecht gelaunt nach Hause und wollte schon aus der Stadt türmen. Deshalb bin ich mehr als glücklich, dass Sie nun hier sind und das übernehmen."

Alexis war sich nicht sicher, ob sie geschmeichelt oder eher verängstigt sein sollte, als sie die Worte der sympathischen Kate hörte. Daher antwortete sie ihr auch nicht, sondern folgte ihr in die Bäckerei, in der es den Anschein hatte, dass zu Gericht gesessen wurde. An drei zusammengeschobenen Tischen saßen zehn Frauen, die bis aus Cassidy Kennedy bereits Enkelkinder, wenn nicht sogar Urenkelkinder haben mussten, und starrten sie auffordernd an.

Eigentlich war Alexis davon ausgegangen, dass sie sich lediglich mit Cassidy und der Frau des Bürgermeisters treffen würde, doch diese Annahme schien falsch gewesen zu sein.

Indem sie die Schultern straffte und Satansbraten hinter sich herzog, stellte sie sich dem Tribunal, lächelte schwach und erkannte in einigen der strengen Mienen die Damen wieder, die bei der gestrigen Versammlung Alexis fast in den Wahnsinn getrieben hatten.

Die Frau des Bürgermeisters dagegen gab sich völlig unbekümmert und trug den zweiten Welpen noch immer in ihrem Arm. „Miss Grayson ist da und hat uns zwei kleine Welpen mitgebracht. Sind sie nicht süß?"

Selbstverständlich erhoben sich entzückte Rufe, als die Welpen schwanzwedelnd und hechelnd die Damen begrüßten. Alexis konnte gar nicht so schnell schauen, da ihr in Windeseile Satansbraten weggenommen wurde, sie sich auf einen Stuhl verfrachtet fühlte, neben Cassidy saß und mit ansehen musste, wie die beiden Welpen an üppige Busen älterer Frauen gedrückt und mit Plätzchen gefüttert wurden.

Die charmanten Hunde hielten die Frauen jedoch nicht davon ab, Alexis in genauen Augenschein zu nehmen.

„Wir haben gerade darüber gesprochen, dass wir unbedingt ein Feuerwerk haben möchten."

„Ein *großes* Feuerwerk", verbesserte eine grauhaarige Frau die Wortführerin, die bestätigend nickte.

„Ein *spektakuläres* Feuerwerk", betonte die nächste Anwesende mit funkelnden Augen.

Alexis schluckte das riesige Stück Cupcake, auf dem sie gerade gekaut hatte, hinunter und würgte hervor: „Sollten wir nicht über Wichtigeres reden?"

Kollektiv schnappten die älteren Damen nach Luft. „Wichtiger als ein Feuerwerk?"

„Was kann wichtiger als ein Feuerwerk sein?"

Hilflos ließ Alexis ihre Augen zu den beiden jüngeren Frauen wandern. Leider war Cassidy Kennedy damit beschäftigt, ihren Erdbeerkuchen zu genießen, während Kate hinter die Theke der Bäckerei getreten war, um dort die hübschen Kuchenstücke neu anzuordnen.

Das Gefühl, vor einem Tribunal zu stehen, verstärkte sich noch, als eine der älteren Damen, die gierig auf ein Stück Zitronenkuchen schielte, ihr mächtiges Doppelkinn erzittern ließ. „Junge Dame, wir müssen unbedingt ein Feuerwerk haben! Cornville hatte keins.“

Als Alexis verständnislos blinzelte, erklärte die Frau mit einem abfälligen Schnauben: „Wir hassen Cornville.“

„Grandma“, seufzte Cassidy und sah von ihrem Erdbeerkuchen auf. „Das ist doch Unsinn. Könntest du uns bitte nicht wie eine unzivilisierte Bande aussehen lassen?“

Empört keuchte die Großmutter der schwangeren Cassidy auf. „Eine unzivilisierte Bande?“

„Natürlich hassen wir Cornville nicht“, korrigierte diese ihre Großmutter und sah Alexis gequält an. „Es herrscht lediglich eine völlig unerhebliche Rivalität zwischen beiden Städten.“

„Aha“, erwiderte Alexis unbehaglich und merkte, dass sie von Kleinstädten keine Ahnung hatte. Um sich ihre Verunsicherung nicht anmerken zu lassen, griff sie nach einem weiteren Stück ihres Cupcakes und schob sich diesen in den Mund

„Wie dem auch sei“, ließ sich eine weißhaarige Frau mit knallpink geschminkten Lippen vernehmen. „Alma hat vollkommen recht, wir brauchen ein Feuerwerk!“

„Und zusätzlich einen Live-Act“, fügte eine ebenfalls nicht mehr taufrische Dame hinzu, bei deren Worten sich Alexis beinahe verschluckt hätte. Es mutete komisch an, weißhaarigen Frauen mit mehr als achtzig Jahren auf dem Buckel über *Live-Acts* reden zu hören.

„Ja! Ein Live-Act ist eine großartige Idee. Als ich letztens *My Super Sweet Sixteen* auf MTV gesehen habe, trat sogar Beyonce auf dem Geburtstag von so einer kleinen Göre auf, die schrecklich verwöhnt war! So etwas hatte Cornville sicherlich nicht!“

„Beyonce? Ich wäre für Taylor Swift, das Mädchen kann nicht nur singen, sondern ist auch noch schön bodenständig geblieben.“

„Muss es denn so ein neumodischer Kram sein, Hatty? Wie wäre es mit Kenny Rogers?“

Ein kollektives Raunen ging durch die Damen, bevor sie allesamt Alexis anstarrten.

Diese fragte mit vollem Mund, nachdem sie geradezu ehrfürchtig der Diskussion gelauscht hatte: „Was?“

„Können Sie uns Kenny Rogers besorgen?“

Die winzigste unter den Frau kicherte wie ein Teenager. „Also wenn Kenny Rogers auftritt, werde ich meinen Mann zu Hause lassen!“

„Ich meinen auch!“

Alexis räusperte sich und erklärte äußerst vorsichtig: „Ein Feuerwerk dürfte normalerweise kein Problem sein, aber ...“

Rüde wurde sie unterbrochen. „Das Feuerwerk ist egal – was ist mit Kenny Rogers?“

Die stark übergewichtige Alma strahlte wie ein Honigkuchenpferd und tätschelte euphorisch Alexis Hand. „Meinen Sie, dass Kenny Rogers für uns *Lady* singen wird?“

„Dann muss er aber auch unbedingt *We got tonight* singen“, beschied eine andere Dame aufgeregt.

„Das ist ein Duett, Moira!“

Ein weiteres Raunen ging durch die Runde. „Grundgütiger, er könnte das Lied mit uns singen!“

„Wenn er *Gambler* singt, werde ich auf der Stelle sterben“, verkündete eine weitere Frau mit einem vor Aufregung glühenden Gesicht.

Während die alten Damen völlig aus dem Häuschen waren und sich bereits darüber stritten, wer für Kenny Rogers den Groupie würde spielen dürfen, spürte Alexis, dass sie die allgemeine Begeisterung für den berühmten Countrysänger unbedingt bremsen musste.

Daher räusperte sie sich und schob ihren Teller beiseite. „Entschuldigen Sie, meine Damen, aber wir sollten uns erst einmal über ganz allgemeine Fragen einig werden.“

„Solange Kenny Rogers kommt, wird unser Jubiläum das Jubiläum von Cornville schlagen.“

Cassidy Kennedy schob nun ebenfalls ihren Teller beiseite und blickte ihre Großmutter streng an. „Grandma, ihr macht Miss Graysons Leben nicht leichter. Kenny Rogers? Seid ihr noch zu retten?“

Das Doppelkinn ihrer Großmutter wackelte gefährlich, als sie krächzte: „Was hast du gegen Kenny Rogers?“

Die hochschwangere Frau neben Alexis hob beide Hände, um resigniert zu seufzen: „Nichts, wenn man auf schnulzige Countrymusik eines älteren Mannes mit auffällig straffer Gesichtshaut gut findet, aber habt ihr mal darüber nachgedacht, was das kosten würde?“

Für Alexis war dies der Zeitpunkt, sich wieder einzuschalten. Daher fragte sie mit größtmöglicher Ruhe: „Haben Sie denn bereits generelle Fragen geklärt?“

„Generelle Fragen?“

Sie nickte und führte aus: „Die Anzahl der Gäste, den Veranstaltungsort, das Essen und so weiter. Außerdem müsste ich die Höhe des Budgets wissen.“

Die älteren Damen schauten sie verständnislos an.

Glücklicherweise bekam Alexis nun auch Rückendeckung der sympathischen Kate, die wieder an die Tische trat und eine neue Platte Cupcakes auftrug. „Ich sehe das so: Ihr habt völlig unrealistische Erwartungen an das Jubiläum und werdet es noch schaffen, dass die Feier ins Wasser fällt. Hugh hat Alexis engagiert, die die Organisation zusammen mit Cassidy auf die Beine stellen wird. Und ihr braucht nichts anderes zu tun, als euch neue Kleider zu kaufen.“

„Aber was ist mit Kenny Rogers?“

Kate Lindsay zwinkerte Alexis zu, während sie zwei alten Damen die Hände auf die Schultern legte. „Ich bin mir sicher, dass Alexis ihr Möglichstes tun wird, um Kenny Rogers zu uns nach Hailsboro zu holen. Das schafft sie jedoch nicht, wenn ihr sie nicht arbeiten lasst."

Zwar drückten die Gesichter der enttäuschten Damen aus, dass sie nicht damit einverstanden waren, aus der Organisation ausgeschlossen zu werden, aber Alexis atmete erleichtert auf, denn weitere Treffen wie das heutige hätte sie nicht überstanden.

Ihre Sitznachbarin schien ihre Gedanken zu erraten, da sie Alexis ins Ohr flüsterte: „Ich komme heute Nachmittag bei Ihnen vorbei. Dort werden wir sicherlich in Ruhe arbeiten können."

Das bezweifelte Alexis, da die beiden Hunde keine zwei Minuten später ein heilloses Chaos veranstalteten, nachdem die Damen sie auf den Boden gesetzt hatten, um sich wieder ihren Kuchenstücken widmen zu dürfen. Hastig sprang Alexis auf und gestikulierte wie wild mit den Armen, als einer der Welpen sich mitten in den Raum stellte, konzentriert in die Luft sah und zu pinkeln begann.

Obwohl Kate sie beruhigte, dass dieser kleine *Unfall* nicht schlimm sei, beharrte Alexis darauf, dass sie die

Pfütze des Welpen beseitigen musste, und schnappte sich einen Lappen. Gerade als sie sich hinunterbeugte, um die deutlich sichtbare Urinpfütze zu aufzuwischen, klingelte die Türglocke und die älteren Damen begannen zu kichern. Allein das hätte Alexis warnen sollen, doch erst als die Welpen fanatisch zu fiepen begannen und ein männliches Lachen erklang, wusste sie, dass Dr. Gardner die Bäckerei betreten hatte.

Mit hochrotem Kopf sah sie aus ihrer ungünstigen Position nach oben und bemerkte, wie der attraktive Tierarzt sie mit hoch gezogenen Augenbrauen musterte.

Nachdem er sie bereits barfuß und mit vollgepinkelter Bluse, im BH auf einem Supermarktparkplatz und gestern in einem winzigen Pyjama gesehen hatte, sagte sie sich mit einer großen Portion Galgenhumor, dass sie auf dem Boden einer Bäckerei mit einem Pipilappen in der Hand vermutlich keine schlechte Figur abgab, immerhin war sie frisiert und entblößte keine peinlichen Körperstellen.

„Dr. Gardner“, schwärmte die Dame mit den knallpinken Lippen und klimperte mit ihren Wimpern.

„Meine Enkelin Sally hat ja so davon geschwärmt, wie nett Sie sich um ihre Katze gekümmert haben."

Dr. Gardner schenkte Alexis einen letzten fragenden Blick, bevor er sich an die Damenrunde wandte und charmant erwiderte: „Guten Morgen, meine Damen! Ich hoffe doch, Sie sind alle wohlauf."

Angesichts des verzückten Kicherns der älteren Damen verdrehte Alexis die Augen und machte sich mit einer Teufelsverachtung daran, die Pipi ihres Welpen zu beseitigen. Währenddessen wurden die hocherfreuten Frauen nicht müde, dem Tierarzt zu versichern, wie gut er sich um irgendeine Katze, einen Dackel, einen Wellensittich und ein Zwergkaninchen gekümmert hätte. Wenn man sie so reden hörte, hätte man fast meinen können, dass Henry Gardner ein Weltwunder zustande gebracht hätte – oder der uneheliche Sohn von Kenny Rogers wäre.

Als der charmante Tierarzt liebenswürdig all die Lobhudeleien erwiderte, sich zwischendurch hinunterbeugte, um beide Welpen zu streicheln, die ekstatisch an ihm hochsprangen, obwohl er ihnen erst in der vergangenen Nacht zwei Spritzen verpasst hatte, durch sie pausenlos gekotzt hatten, und gleichzeitig einen Kaffee zum Mitnehmen bestellte, hatte Alexis die Gelegenheit, ihn unbeobachtet anzustarren. Sie wusste nicht, warum sie Henry Gardner derart attraktiv fand und jedes Mal ein Seufzen unterdrücken musste, wenn sie ihm begegnete, immerhin war er dafür verantwortlich, dass sie jetzt gerade auf dem Boden hockte und die Hinterlassenschaft eines Welpen beseitigte.

Der Mann hatte sie dazu genötigt, zwei nicht zu bändigende Welpen zu sich zu nehmen, die ihr gesamtes Hab und Gut zerstörten und Alexis vom Schlaf abhielten. Eigentlich hätte sie mit einem der Tortenheber auf ihn losgehen müssen. Außerdem nagte seine Abfuhr noch immer an ihr. Dennoch betrachtete sie ihn mit klopfendem Herzen, musterte versonnen seinen blonden Schopf und das lächelnde Gesicht und lauschte seiner gut gelaunten Stimme, während ihre Augen unwillkürlich über seine Gestalt wanderten.

Heute trug der sympathische Tierarzt ein hellblaues Polo-Shirt sowie Jeans und alte Chucks, doch Alexis war sich sicher, dass man Henry Gardner trotz der ausgetretenen Turnschuhe in jeden Countryclub des

Landes gelassen hätte. Nachdem sie gerade einmal drei Tage mit zwei Hunden verbracht hatte und nur noch das Gefühl hatte, wie jemand auszusehen, der seine Kleidung in Altkleidercontainern sammelte und sich in Bahnhofstoiletten wusch, war es für sie ein kleines Wunder, wie gepflegt und patent er bei jeder Begegnung aussah. Weder die widerliche texanische Hitze noch der tägliche Kontakt zu dutzenden Tieren schienen ihm etwas auszumachen. Stets sah er wie aus dem Ei gepellt aus.

Gerade noch schaffte sie es, ein Seufzen zu unterdrücken, und richtete ihren Blick stattdessen zurück auf den Boden, den sie naserümpfend bearbeitete, um anschließend hoch erhobenen Hauptes aufzustehen und Kate Lindsay einen halb verzweifelten halb bedauernden Blick zu schenken, den sie erwiderte, indem sie ihr einen Putzlappen hinhielt, in den Alexis den gebrauchten Lappen hineinwarf, um anschließend die Toilette der Bäckerei zu betreten und sich die Hände zu waschen.

Als sie wieder den Verkaufsraum betrat, musste sie zu ihrem Verdruss und zu ihrer Freude zugleich bemerken, dass Dr. Gardner noch immer da war. Zwar hielt er einen Kaffeebecher in der einen Hand und einen bereits angebissenen Cupcake in der anderen und schien zum Aufbruch bereit, dennoch plauderte er noch immer mit den älteren Damen, die ihm anbetungsvoll an den Lippen hingen.

Tatsächlich wirkte er wie der perfekte Schwiegersohn, wie er dort vertieft in ein Gespräch mit den schwatzhaften Frauen stand, die bei jedem seiner Laute in jugendliches Kichern ausbrachen. Einzig die beiden Welpen, die an seinen Hosenbeinen hoch sprangen, störten das harmonische Bild.

Nicht nur Alexis war auf die beiden scheinbar unerzogenen Hunde aufmerksam geworden. Eine der Damen runzelte missbilligend die Stirn und fuhr Alexis an, sobald diese an die Tische trat: „Der liebe Dr. Gardner wird die ganze Zeit von Ihren Hunden bedrängt. Können Sie die beiden nicht im Zaun halten?“

„Hatty“, rügte Cassidy Kennedy die Frau mit der Schrumpelstirn. „Könnten wir bitte etwas netter zu der Frau sein, die für euch Kenny Rogers buchen soll?“

„Kenny Rogers?“, echote der Tierarzt und bückte sich kurz, um beide Hunde die Köpfe zu kraulen. Mit einem Lächeln fügte er hinzu: „Außerdem bedrängen die beiden mich nicht. Angesichts der Tatsache, dass Miss Grayson von mir dazu überredet wurde, die beiden ausgesetzten Racker zu adoptieren, dürfen sie gerne von mir gekrault werden."

Wenigstens sah er es ein!

„Oh, Dr. Gardner", seufzte die zuvor erboste Hatty auf. „Sie sind einfach zu gütig!"

„Ein wahrer Held", schwärmte die nächste alte Dame und faltete die Hände wie zum Gebet. „Es sollte mehr Menschen wie Sie geben, die ausgesetzte Hunde aufnehmen."

Alexis stemmte beide Hände in die Hüften und fragte sich ganz ernsthaft, ob die Bewohner der Kleinstadt von Natur aus eine Schraube locker hatten oder ob etwas mit ihrem Trinkwasser nicht stimmte, immerhin hatte *sie* die Welpen aufgenommen, während der liebe, gütige Dr. Gardner völlig unbehelligt geblieben war.

„Dr. Gardner", säuselte die nächste Dame geradezu atemlos. „Da Sie so sehr beschäftigt sind, kommen Sie sicherlich nicht zum Kochen. Möchten Sie nicht einmal bald zu mir zum Abendessen kommen? Ich könnte auch meine Enkelin einladen, die darüber nachdenkt, Tiermedizin zu studieren ..."

„Aber Dr. Gardner", schnappte Hatty geradezu erschrocken nach Luft. „Ich hatte Sie schon vor Wochen zu einem Abendessen eingeladen. Meine Großnichte Sue Ellen überlegt ebenfalls, Tiermedizin zu studieren, und bräuchte dringend Ihren Rat!"

Völlig perplex starrte Alexis zwischen den älteren Damen umher, die allesamt beteuerten, dass ihre Enkelinnen, Großnichten oder Großcousinen Tiermedizin studieren wollten, und die Henry Gardner deshalb zum Essen einladen wollten. Wenn das die ländliche Art war, jemanden zu verkuppeln, fragte sich Alexis ganz ernsthaft, warum die Geburtenrate auf dem Land so hoch war.

Wie es schien, war der Tierarzt versiert darin, Frauen einen Korb zu geben, als er mit einem bedauernden Lächeln den Kopf schüttelte: „Meine Damen, ich werde ganz sicher auf Ihre Angebote zurückkommen, wenn ich weniger arbeiten muss. Momentan muss ich Ihre freundlichen Einladungen leider ausschlagen."

Über die kollektive Enttäuschung hinweg richtete er ausgerechnet an Alexis das Wort, indem er fragend den Kopf zur Seite legte, die hellblauen Augen bedeutungsvoll aufriss und auf die Hunde deutete. „Miss Grayson, soll ich Sie und die Hunde nach draußen begleiten?“

„Gerne“, erwiderte sie rasch und war extrem froh, der Höhle des Löwen zu entkommen, sodass sie fast über ihre eigenen Füße stolperte, als sie eilig ihre Sachen einsammelte und die amüsierten Blicke von Cassidy Kennedy und Kate Lindsay übersah.

Erstere erklärte schmunzelnd: „Ich komme dann am besten gegen Nachmittag bei Ihnen vorbei, damit wir das Jubiläum planen können.“

Alexis nickte und schnappte sich Stinker, der sich seelenruhig auf den Boden gelegt und an einem der Bistrostühle herumgenagt hatte, bevor sie nach einer gemurmelten Verabschiedung dem Tierarzt nach draußen folgte. Sie war so erleichtert, der Bäckerei entkommen zu sein, dass sie nicht einmal Groll darüber empfand, dass Satansbraten sehr folgsam an der Leine neben Henry Gardner herlief.

Stinker dagegen gebärdete sich wie besessen, kämpfte mit seiner Leine und ließ Alexis in Schweiß ausbrechen.

Vielleicht konnte der Mann zaubern, überlegte Alexis frustriert, da er einen Pfiff ausstieß, bei dem Stinker den Kopf hob, und anschließend den Zeigefinger erhob, woraufhin sich der kleine Welpe folgsam auf den Bürgersteig setzte und erwartungsvoll mit dem Schwanz wedelte.

„Wie machen Sie das?“

„Jahrelange Übung“, erklärte der blondhaarige Tierarzt amüsiert und gab dem Welpen ein Leckerchen, das er aus seiner Hosentasche hervorzauberte.

Bei seinem Lächeln und dem amüsierten Blick aus seinen hellblauen Augen wurde ihr flau im Magen. Wie eine Idiotin stammelte sie daher: „Ich versuche es auch ständig mit Bestechung, aber nichts funktioniert.“

„Das kommt noch. In ein paar Wochen werden Sie sich nicht einmal daran erinnern, dass die beiden ein wenig wild waren“, tröstete er sie, wirkte dabei jedoch keinesfalls geknickt.

Scherzhaft entgegnete sie: „Ein wenig wild? Dass ich nicht lache! Außerdem werde ich in ein paar Wochen gar nicht mehr hier sein und die beiden haben.“

Er richtete sich wieder auf und schaute sie plötzlich enttäuscht an. „Eigentlich bin ich davon ausgegangen, dass Sie es sich noch einmal überlegen und die beiden behalten würden.“

Oh nein, sie würde sich von seinem Hundeblick nicht noch einmal übers Ohr hauen lassen, schwor sich Alexis und kniff die Augen zusammen, um mit aller Überzeugungskraft, zu der sie fähig war, zu sagen: „Ich kann sie nicht behalten. So gerne ich es auch würde, es geht einfach nicht.“

„Alexis ...“

Sie sah ihn scharf an, als er ihren Vornamen gebrauchte, um sie weich zu kochen. „Wie stellen Sie sich das vor, Henry?“, erwiderte sie seine Frage prompt und benutzte ebenfalls seinen Vornamen. „Ich lebe in einer Zwei-Zimmer-Wohnung im dritten Stock – mitten in Chicago. Außerdem bin ich ständig unterwegs.“

Absolut lässig zuckte er mit der Schulter, als wären ihre Argumente allenfalls lästig. „Sie könnten umziehen und die Hunde mitnehmen oder bei einem Hundesitter lassen.“

Mit den Zähnen knirschend fragte sich Alexis, warum sie sich überhaupt auf eine Diskussion mit ihm einließ – zumal sie beide mitten auf einem Bürgersteig standen und vermutlich dutzende Zuschauer hatten.

„Hören Sie“, entgegnete sie in einem äußerst vernünftigen Ton. „Bei mir werden es die beiden niemals so gut haben wie in einer Familie mit Haus und Garten. Himmel! Sogar mein Bett in Chicago wäre viel zu klein für uns drei!“

Es herrschte einen Moment Ruhe, in dem er sie mit großen Augen ansah. Erst nach einigen Sekunden kräuselten sich seine Mundwinkel, bevor er mit mühsam unterdrücktem Lachen in der Stimme wissen wollte: „Die beiden schlafen bei Ihnen im Bett?“

Hilflos hob sie eine Hand. „Sie wollen es nun einmal so!“

Nun lachte er tatsächlich – laut und schallend. „*Sie wollen es nun einmal so*!“

Aus dem Bedürfnis heraus, sich vor ihm zu rechtfertigen, nagte sie auf ihrer Unterlippe herum und grummelte: „Wenn ich sie nicht ins Bett lasse, fiepen sie ganz fürchterlich und schauen mich so traurig an. Was soll ich denn tun?“

„Sie schauen Sie traurig an?“

„Natürlich!“, fuhr sie ihn an. „Wenn sie mich mit ihren kleinen Knopfaugen anschauen, kann ich ihnen einfach nicht böse sein, immerhin wurden die beiden ausgesetzt!“

Er gab ein Geräusch von sich, das sie nicht deuten konnte. Das Zucken seiner Schultern verstand sie dagegen sehr gut und ahnte, dass er sie momentan extrem lustig finden musste.

Der Tierarzt fragte mich krächzender Stimme nach: „Lassen Sie mich raten: Sie dürfen auch aufs Sofa, richtig?“

Da er sich noch immer auf ihre Kosten zu amüsieren schien, verteidigte sie sich spröde: „Sie wollen nun einmal immer aufs Sofa krabbeln, wenn ich darauf sitze. Stinker ist dabei einmal fast hinuntergefallen! Deshalb hebe ich sie hoch, damit sie sich nicht verletzen! Was ist daran falsch?“

„Nichts, gar nichts.“ Sein Lächeln wurde von Sekunde zu Sekunde breiter. „Aber ich denke, Sie haben Recht. Die beiden Welpen hätten es bei jemand anderen vermutlich *viel* besser als bei Ihnen.“

Alexis war nicht blöd und wusste, wenn jemand sarkastisch oder ironisch wurde, jedoch nickte sie auf seinen milden Spott hoheitsvoll und erwiderte bitterernst: „Ja, genau. Bei jemand anderen hätten sie es besser als bei mir.“

7. Kapitel

Als ihr Handy klingelte, warf Alexis ihrem Gast einen entschuldigenden Blick zu und stand von ihrem Küchentisch auf, um das Gespräch anzunehmen. „Hallo?“

„Miss Grayson? Ich wollte Ihnen nur sagen, dass ich den Fanclub von Kenny Rogers bei Facebook gefunden und so die Nummer seines Managers erhalten habe.“

Völlig verdutzt starrte Alexis vor sich hin. „Entschuldigung ... wer spricht denn da?“

„Hatty Wrinkle! Wir haben uns heute Morgen in der Bäckerei kennengelernt“, tönte es ungeduldig aus dem Hörer. „Wir haben die Nummer von Kenny Rogers Agenten! Sie müssen ihn unbedingt anrufen und ihn nach Hailsboro einladen.“

„Äh ...“ Verwirrt und ein wenig fassungslos drehte sie den Kopf zur Seite und erwiderte den neugierigen Blick von Cassidy Kennedy mit einem hilflosen Schulterzucken, bevor sie die ältere Frau am Hörer fragte: „Woher haben Sie eigentlich *meine* Telefonnummer?“

Ein geringschätziges Schnauben ertönte. Alexis Frage dagegen wurde überhaupt nicht beantwortet, stattdessen befahl Hatty geradezu gebieterisch: „Rufen Sie dort an und laden Sie Kenny Rogers zu uns ein ...“

„*Sag ihr, dass er Lucille singen soll*!“

Alexis kniff die Augen zusammen, als ein aufgeregtes Raunen an ihr Ohr drang, das daher stammen musste, dass Hatty anscheinend nicht alleine am Hörer war.

„Schhh, Alma!“, gebot Hatty nun. „Das wird sie schon wissen.“

Sie verdrehte die Augen und war kurz davor, einfach aufzulegen, als Hatty geradezu biestig in den Hörer schnarrte: „Hören Sie, Alexis, wir wissen zwar nicht, was Sie sich davon erhoffen, die beiden Welpen zu adoptieren, aber Dr. Gardner ist tabu.“

„Wie bitte?“, keuchte Alexis und hätte beinahe den Telefonhörer fallen gelassen.

„Ja“, erklang eine andere Stimme durch das Telefon. „Meine Enkelin wird mit ihm ausgehen und ...“

„Meine Großnichte wird auch mit ihm ausgehen", empörte sich die nächste Stimme so laut, dass Alexis den Hörer von ihrem Ohr weghalten musste.

„Mir ist egal, mit wem Dr. Gardner ausgeht, solange Kenny Rogers *Lucille* singt!"

Während am anderen Ende der Leitung eine lautstarke Diskussion darüber entbrannte, wer nun mit dem Tierarzt würde ausgehen dürfen und welche Songs Kenny Rogers singen sollte, schüttelte Alexis fassungslos den Kopf und schaltete ihr Handy einfach aus.

„Lassen Sie mich raten", schmunzelte die schwangere Cassidy, die mit ihr seit fast zwei Stunden über der Planung des Stadtjubiläums saß und ununterbrochen gute Laune verströmte. „Es ging um Kenny Rogers und um Henry."

„Woher wissen Sie das?", platzte Alexis heraus, bevor sie nachdachte.

Die andere Frau kicherte und rührte in ihrer Teetasse herum. „Ich lebe seit meiner Geburt in Hailsboro und weiß daher, wie die Frauen ticken. Außerdem waren die Stimmen meiner Großmutter und von Hatty Wrinkle bis hierher zu verstehen. Mal abgesehen davon, dass Ihr

Gesicht eine ziemlich rötliche Färbung angenommen hat.“

Automatisch fuhr sich Alexis über das Gesicht und ließ sich anschließend verlegen auf ihren Stuhl nieder. „Erklären Sie mir, wie man hier leben kann, ohne verrückt zu werden?“

Ihr Gast lehnte sich zurück und faltete die Hände über ihrem enormen Bauch. „Ach ... man gewöhnt sich mit der Zeit daran. Mein Mann wohnt erst seit einigen Monaten in Hailsboro und sagt, dass er nie wieder in die Stadt ziehen will.“

Alexis rümpfte die Nase und hakte ironisch nach: „Wegen der Großstadtkriminalität?“

Cassidy schüttelte lachend den Kopf. „Ganz und gar nicht! Er meint, dass ihm im Gegensatz zu einer Großstadt in der Kleinstadt viel mehr Unterhaltung geboten wird. Hier kennt jeder jeden ...“

„Gerade das würde mich in den Wahnsinn treiben“, seufzte Alexis laut und streckte die Beine von sich, bevor sie mit ärgerlicher Stimme hervorplatzte: „Das ist ja wie im Mittelalter, wenn man nicht einmal mit seinem

Tierarzt reden kann, ohne gleich beschuldigt zu werden, es auf ihn abgesehen zu haben!“

„Haben Sie es denn nicht auf Henry abgesehen?“

„Natürlich nicht“, rief Alexis augenblicklich und weckte damit die beiden Welpen, die friedlich auf einer Decke neben dem Küchentisch geschlafen hatten. Glücklicherweise hoben sie lediglich die Köpfe, ließen diese anschließend wieder sinken und schliefen weiter.

Für Alexis reichte diese kurze Pause aus, um sich zu sammeln, bevor sie Cassidy, deren forschende Augen jeden ihrer Gedanken zu lesen schien, fragte: „Wieso sollte ich es auf ihn abgesehen haben?“

„Er ist sehr nett, sieht gut aus und ist tierlieb“, führte Alexis Gast so selbstverständlich aus, als würde sie ihr ein Rezept für Zitronenkuchen geben.

„Wenn das so ist, *muss* ich es natürlich auf ihn abgesehen haben“, spottete Alexis müde. „Ich glaube, dass noch mehr dazu gehört.“

Cassidys Augen sprühten vor Belustigung. „Also finden Sie ihn nicht attraktiv?“

Wieder kämpfte Alexis gegen ihre brennenden Wangen an. „Das habe ich nicht gesagt ...“

„Aha!“

„Kein *aha*“, wehrte sie verlegen ab und tischte ihrem Gast eine faustdicke Lüge auf. „Natürlich sieht er gut aus, aber dennoch käme ich nie auf den Gedanken, mit ihm auszugehen.“

„Haben Sie denn einen Freund?“

Kopfschüttelnd rührte nun auch Alexis in ihrer Tasse herum und fragte sich, ob sie dem Kleinstadtfieber bereits verfallen war, wenn sie mit einer beinahe Fremden über ihre nicht vorhandene Beziehung sprach. „Nein, das habe ich nicht, dafür habe ich jedoch einen Job, der mir sehr am Herzen liegt.“

„Man kann auch einen Job *und* einen Freund haben.“

„Nicht wenn man einen Job hat, für den man tagtäglich bis zu fünfzehn Stunden schuftet und ständig herumreisen muss.“ Seufzend verdrehte sie die Augen. „Haben Sie vergessen, dass ich lediglich für das Jubiläum Ihrer Stadt hier bin?“

Ihr Gast stieß einen fröhlichen Laut aus. „Trotzdem haben Sie zwei kleine Welpen adoptiert.“

„Zeitweise“, verbesserte Alexis die andere Frau und ignorierte den Kloß im Hals, den sie beim Anblick der kleinen Fellknäuel bekam, die winzige Schnarchlaute von sich gaben. „So leid es mir tut, aber ich werde die beiden nicht mit nach Chicago nehmen können."

„Weiß Henry das?"

„Natürlich weiß er das!" Alexis runzelte verärgert die Stirn. „Ich weiß nicht, was er sich dabei gedacht hat, mir die beiden anzuvertrauen. Mit Tieren kann ich nicht besonders gut umgehen."

Cassidy spitzte den Mund und musterte die schlafenden Hunde eingehend. „Also auf mich machen sie einen durchaus zufriedenen Eindruck."

„Weil sie gerade gegessen haben", murmelte Alexis und ließ sich tiefer in ihren Stuhl sinken. Eigentlich sollte sie mit Cassidy weiter darüber reden, welches Catering sie für das Jubiläum engagieren sollten, wie groß das Budget für ein Feuerwerk sein durfte und wer zum Teufel den Frauen von Hailsboro verklickern würde, dass Kenny Rogers nicht auftreten würde, dennoch sah sie hier eine Chance, mehr über den Tierarzt zu erfahren, dessen Lächeln ihr akute Atemlosigkeit verursachte.

Mit einer unbeteiligten Miene fragte sie daher nach: „Als ich mit den beiden Welpen in Hailsboro eintraf, war das Wartezimmer der Tierarztpraxis brechend voll. Grassieren gerade irgendwelche Infekte?“

„Oh ja“, erwiderte die andere Frau inbrünstig. „Es ist das allseits bekannte *Neuer Junggeselle in Kleinstadt-*Virus. Seit Henry seine Zelte in Hailsboro aufgeschlagen hat, rennt jede ledige Frau fast täglich in seine Praxis, um ihm ihre scheinbar erkrankten Tiere zu zeigen. Der Arme könnte einem richtig leid tun.“

„Könnte?“

„Nun.“ Cassidy schnappte sich einen Keks und biss herzhaft in diesen hinein. „Er macht nicht den Eindruck, als hätte er etwas gegen diese Aufmerksamkeit einzuwenden.“

„Aha ...“ Alexis räusperte sich und strich einige imaginäre Kekskrümel beiseite, bevor sie vorsichtig nachfragte: „Dann geht er also oft mit den Besitzerinnen seiner Patienten aus?“

„Jetzt da Sie es sagen ... ich habe eigentlich noch nie davon gehört, dass er hier ein Date hatte, aber ... Moment mal!“ Cassidy ließ ihren Keks sinken. „Sie sind doch an ihm interessiert!“

„Unsinn", wischte Alexis stirnrunzelnd beiseite. „Ich bin einfach nur neugierig."

„Ach soooo."

Ein Blick auf Cassidy Kennedy sagte Alexis, dass sie ihr kein Wort glaubte. Das bewies sie auch, indem sie gut gelaunt ausführte: „Vor meinem Mann würde ich das natürlich niemals zugeben, aber Henry ist wirklich ein Bild von einem Mann. Haben Sie bemerkt, wie blau seine Augen sind? Wenn ich nicht verheiratet und schwanger wäre ..." Sie ließ ihren Satz unvollendet und zwinkerte vergnügt.

Alexis murmelte einen Fluch vor sich hin und grollte anschließend: „Wir sollten uns endlich mit dem Budget befassen."

„Warum atmest du so rasch? Läufst du gerade einen Marathon?"

Schön wäre es, dachte sich Alexis, während sie mit beiden Hunden an der Leine durch die Stadt jagte und zu

Gott betete, dass keine der verrückten Frauen von Hailsboro ihren Weg kreuzte. Seit dem gestrigen Tag klingelte ihr Handy ununterbrochen, weil diese wahnsinnigen Damen sich nach dem Stand der Dinge in Sachen Kenny Rogers erkundigen wollten.

Alexis wusste wirklich nicht mehr, was sie tun sollte, wenn sie einer der Damen über den Weg lief, immerhin bestand keinerlei Chance, dass sie Kenny Rogers würde organisieren können – nicht bei dem Budget, das sie für das Stadtjubiläum ausgeben durfte. Angesichts der Tatsache, dass es anscheinend überlebensnotwendig erschien, Mr. Rogers zu engagieren, fürchtete Alexis einen Aufstand und sah sich bereits von Mistgabeln verfolgt die Stadt verlassen.

Daher keuchte sie gerade ihrem Chef durchs Handy ins Ohr, verbarg sich so gut wie möglich an Hausecken und hoffte den Weg bis zum Treffpunkt mit dem Bürgermeister unbehelligt zu überstehen. Außerdem flehte sie dazu, dass weder Stinker noch Satansbraten ihr den Arm auskugelten, da beide wie besessen an ihren Leinen zogen und in unterschiedliche Richtungen davon galoppieren wollten.

„Ich bin auf dem Weg zu einem Termin“, gab sie Gordon keuchend Antwort. „Kann ich dich später zurückrufen?“

„Bist du etwa immer noch eingeschnappt?“

Der Begriff *eingeschnappt* war viel zu harmlos für das, was sie fühlte, wenn sie daran dachte, was sich Gordon mit ihr erlaubt hatte, jedoch wollte sie das nicht jetzt und sicherlich nicht auf einem Bürgersteig mitten in der texanischen Einöde besprechen. Daher entgegnete sie kühl: „Wie gesagt: ich habe gleich einen Termin ...“

„Komm schon, Alexis, du weißt doch ...“

„Dass du mit Savannah geschlafen hast? Ja, das weiß ich – das weiß die ganze Agentur.“

Er schien zu stutzen. „Bist du etwa eifersüchtig?“

Sie blieb an einem Straßenübergang stehen und zog an den Leinen der Welpen, damit diese nicht von einem mit Schweinedung beladenen Laster überfahren wurden, während sie die Augen verdrehte. „Natürlich bin ich nicht eifersüchtig, Gordon! Mir stinkt es nur, dass du Savannah nach Miami geschickt hast, während ich nach Texas fliegen durfte!“

„Aber ...“

Obwohl sie längst über die Straße hätte gehen können, blieb sie stehen und fauchte in den Hörer: „Du weißt genau, dass Miami mein Auftrag gewesen wäre, Gordon! Ich nehme es dir übel, dass du mich so einfach übergangen hast, obwohl ich seit Jahren für dich schufte und verdammt gute Arbeit leiste. Stattdessen überträgst du jemandem wie Savannah diesen unglaublich wichtigen Auftrag."

Wieder zögerte er mit einer Antwort, bis er mit wenig überzeugter Stimme erklärte: „Savannah wird das Kind schon schaukeln."

„Wenn du das sagst."

„Hör mal, ich will nicht streiten", meinte er beinahe weinerlich, was Alexis dazu bewog, sich ganz ernsthaft zu fragen, wie es jemand wie Gordon geschafft hatte, eine dermaßen erfolgreiche Eventagentur zu leiten.

„Warum hast du dann angerufen?"

„Weil ich wissen wollte, wie es läuft, Alexis."

Abgesehen davon, dass sie heute eine ganze Stunde mit einem Farmer darüber diskutiert hatte, auf welchem Feld sie das Feuerwerk veranstalten konnten, ohne dass seine Kühe durchdrehten und keine Milch mehr geben würden, dass sie auf einem der besagten Felder in Kuhscheiße getreten war und dass sie sich gleich drei Bands bestehend aus Dorfmusikanten würde anhören müssen, um zu entscheiden, welche Kenny Rogers ersetzen könnte, hätte es ihr nicht schlechter gehen können. Zwar hatten beide Welpen sie in der vergangenen Nacht schlafen lassen, doch dafür hatten sie pausenlos gekläfft und waren gegen die Duschkabinentür gesprungen, als sich Alexis morgens geduscht hatte. Noch vor dem Frühstück hatte sie Kopfschmerzen gehabt.

„Es läuft großartig", würgte sie sarkastisch hervor. „Eigentlich müsste ich eine Gefahrenzulage beantragen."

Ihr Chef lachte unsicher und entgegnete anschließend jovial: „Du schaffst das schon."

„Natürlich schaffe ich es, schließlich bin ich Profi und nicht irgendeine Kellnerin, die sich als Eventmanagerin ausgibt", schnappte sie und empfand unendlich viel Befriedigung, als Gordon die Luft wegblieb. „Ich melde mich, sobald ich Hailsboro wieder verlasse", erklärte sie abschließend und legte anschließend auf.

Alexis straffte die Schultern, schaute sich um und lief mit beiden Welpen über die Straße, auf deren anderer Seite sie durch den liebevoll angelegten Park lief, um zur Stadthalle zu kommen, wo der Bürgermeister sie gleich treffen wollte.

Als sie gerade den Park durchquerte, klingelte schon wieder ihr Handy und entlockte Alexis ein ärgerliches Stöhnen. Sie griff in ihre Tasche und musste eine Sekunde später bemerken, wie ihr beide Leinen aus den Händen gezogen wurde, als sich Stinker und Satansbraten losrissen und Jagd auf Spatzen machten, während sie ihre Leinen hinter sich herzogen.

Geradezu panisch warf Alexis das Handy in ihre Tasche und begann hinter beiden Welpen herzurennen, während sie ihre Namen brüllte. Obwohl sie sich im Park befanden, stieg die grauenvolle Angst in ihr hoch, dass beide Welpen auf die Straße rennen könnten. Der Gedanke, dass Stinker und Satansbraten überfahren werden könnten, verlieh ihr eine ungeahnte Energie und sie raste hinter beiden her, verlor dabei einen Schuh, stolperte über den grünen Rasen und wäre fast ausgerutscht, als sie auch den zweiten Schuh verlor.

Schmerzhaft schlug ihre Tasche bei jedem Schritt gegen ihre Rippen, während sie über spitze Steinchen und Holzstücke stolperte und sich dabei ihre Fußsohlen verletzte.

„Satansbraten", schrie sie aus voller Kehle, als sich der eine Welpe mit heraushängender Zunge in Richtung Hecke verkrümeln wollte, und brüllte gleich darauf: „Stehen bleiben, Stinker, bleib sofort stehen!"

Da keiner der Welpen sie beachtete und die vermaledeite Tasche sie beim Laufen behinderte, warf Alexis sie im hohen Bogen weg und stürzte auf Satansbraten zu, der vor einem Baum Halt gemacht hatte, um einen Spatz anzukläffen, der auf einem der Äste gelandet war.

„Stinker ..." Atemlos umklammerte sie seine Leine und schaute sich geradezu hysterisch nach Satansbraten um, der um den winzigen Brunnen herumlief, das plätschernde Wasser anbellte und seine Leine hinter sich herzog.

Gerade als Alexis auch auf ihn zustürmen wollte, betrat Henry Gardner den Kiesweg und ging in aller Ruhe auf den Brunnen zu, um sich lässig zu bücken und Satansbraten hochzunehmen.

Zitternd und am Rand eines Nervenzusammenbruchs hob auch Alexis ihren Welpen hoch, ignorierte die dreckigen Pfoten, die schlammige Abdrücke auf ihrem Shirt hinterließen, und presste für einen Moment ihre Nase in das Fell des kleinen Hundes, der ihr gerade den größten Schrecken ihres Lebens bereitet hatte.

„Ist alles in Ordnung, Alexis?“

Nach einem tiefen Atemzug sah sie hoch und blinzelte gegen die Sonne an, die durch die Blätter der Bäume schien und dem Tierarzt einen Heiligenschein um das blonde Haupt zauberte.

Ihr war vor lauter Panik grottenschlecht, außerdem kam sie kaum zu Atem. Dennoch nickte sie schwach und verbarg ihre zitternden Finger im weichen Fell des Welpen, der sich nach einem kurzen Sträuben an sie schmiegte und sein Kinn mit einem Schnaufen auf ihre Schulter legte.

„Dieses scheiß Handy“, flüsterte sie krächzend. „Es hat geklingelt und die Welpen ... sie haben sich einfach losgerissen!“

„Halb so schlimm ...“

Alexis unterbrach ihn mit einem Kopfschütteln, während ihre Augen brannten. Kämpferisch fuhr sie ihn an. „Ich habe Ihnen doch gesagt, dass ich mich nicht um Hunde kümmern kann! Bei mir geht es ihnen nicht gut!“

Dass sich Stinker zufrieden an sie schmiegte, während sie ihm zärtlich den Nacken kraulte, bekam sie gar nicht mit, sondern beharrte: „Warum mussten Sie mir die beiden auch aufs Auge drücken? Sehen Sie nicht, dass ich sie hätte umbringen können?“

Er legte den Kopf schief und lächelte warm, während er ihr zunickte. „Er mag Sie.“

„Die beiden hätten von einem Auto überfahren werden können!“

„Im Park?“ Er schüttelte den Kopf. „Nehmen Sie es nicht so schwer. Ich wette, dass beide sich nicht besonders weit von Ihnen entfernt hätten.“

Das war Alexis kein Trost, doch sie hielt den Mund, starrte stattdessen auf den anderen Welpen, der auf Dr. Gardners Arm saß und geradezu wehmütig zu ihr herüberstarrte. Tonlos trat sie näher, beachtete den überrumpelten Tierarzt nicht, sondern hievte auch den zweiten Welpen in ihren Arm, um sich zu vergewissern, dass es ihm gut ging.

Alexis konnte gerade noch ein Schniefen unterdrücken und wusste vor Erleichterung kaum Luft zu holen, während sie die beiden fiependen Ungeheuer in den Armen hielt.

„Sie sind ja schon wieder barfuß“, urteilte der Tierarzt überrascht. „Ist das ein neuer Modetrend, der noch nicht nach Hailsboro geschwappt ist.“

Über das Fell der beiden Hundebabys hinweg musterte sie ihn grantig und murmelte: „Ich habe meine Schuhe verloren, als ich beiden hinterher lief. Und meine Tasche.“

„Na“, gutmütig schnalzte er mit der Zunge. „Dann sollten Sie sich auf die Parkbank setzen, während ich Ihre Sachen einsammle.“

Ohne einen Anflug von Protest trug Alexis die beiden Hunde zur Parkbank, setzte sich hin und hielt die Fellknäuel auf ihrem Schoß, bis Henry mit ihren Schuhen und ihrer Tasche in den Händen zu ihr trat.

„Sie sollten sich keine Sorgen machen.“ Seine Stimme klang nicht mehr amüsiert, sondern lediglich beruhigend. „Kleine Hunde sind nun einmal sehr lebhaft.“

Mit einem Kloß im Hals schlüpfte Alexis in ihre Schuhe, behielt die beiden Hunde jedoch genauestens im Auge und murmelte: „Sie werde das komisch finden, aber als Floppy starb, hatte ich schreckliche Schuldgefühle. Wenn den Welpen etwas passiert wäre, dann ...“

„Alexis“, unterbrach er sie mit einem Seufzen und setzte sich zu ihr und den Welpen auf die Bank. „Ihr Klassenhamster ist höchstwahrscheinlich an Altersschwäche gestorben – und kleine Welpen machen nun einmal Unsinn. Die Straße ist weit entfernt und bis dahin hätten sich die beiden vermutlich ohne Sie gar nicht getraut.“

Da war sie sich nicht sicher.

Sein Kichern ließ ihren Kopf hochfahren. „Finden Sie es etwa witzig, dass ich mich zu Tode erschrocken habe?“

„Nein“, erwiderte er ernst, um sie anschließend mit einem Funkeln im Blick anzuschauen. „Jedoch war es sehr witzig, Sie zu beobachten, wie sie barfuß über den Rasen stürmen und dabei *Satansbraten* und *Stinker* schreien. Im ersten Moment dachte ich, dass Sie einen Sketch für das Stadtjubiläum proben.“

Sie wollte ernst bleiben, jedoch fiel sie wenige Sekunden später in sein Glucksen ein, um kurz darauf zu stöhnen und einen Blick auf ihre Armbanduhr zu werfen.

„Müssen Sie schon los?“

„Ja.“ Bedauernd nickte sie. „Ich habe noch ein paar Termine, um Ihr Stadtjubiläum zu planen.“ Sie schaute zu den Welpen, die sich gegenseitig in die Ohren bissen und an diesen zogen. „Los, ihr beiden. Wir haben noch zu tun.“

Völlig unvermittelt ließ sich Henry vernehmen: „Gehen Sie zu Ihren Terminen. Ich passe auf die beiden auf.“

Überrumpelt schaute sie ihm ins Gesicht. „Wie bitte?“

Er schnitt eine kleine Grimasse. „Wenn Sie mögen, spiele ich heute den Babysitter für Stinker und Satansbraten. Kommen Sie einfach zu mir nach Hause, wenn Sie fertig sind, und holen Ihre Hunde bei mir ab.“

8. Kapitel

Alexis machte große Augen, als Henry ihr die Tür öffnete und gleich fünf Hunde auf sie zustürmten, von denen lediglich einer ihr gehörte.

Glücklicherweise sprang keiner von ihnen an ihr hoch – mal abgesehen von Satansbraten, der völlig ekstatisch kläffte und von ihr begrüßt werden wollte. Unsicher beugte sich Alexis hinunter und streichelte den Welpen, während sich ein riesiger Hund vor sie auf den Rücken warf und ihr seinen Bauch präsentierte. Die anderen drei Hunde setzten sich brav auf den Boden, starrten sie erwartungsvoll an und wedelten verzückt mit ihren Schwänzen.

„Hallo Alexis, kommen Sie doch rein", bat der Tierarzt gelöst und hielt ihr die Tür auf.

„Äh ..." Unsicher nickte sie angesichts des riesigen Hundes, der den Flur okkupierte, indem er sich dort breit machte, und trat zur Seite, damit ihr Gastgeber die Tür schließen konnte.

„Keine Sorge, Bingo ist wie ein Bettvorleger. Sie können problemlos über ihn drüber steigen."

„Bingo?" Zweifelnd schaute sie zu dem Hund, der ganz sicher einiges mehr als sie wog und auf dem Kleinkinder hätten reiten können. „Ihr Hund heißt Bingo?"

„Den Namen hat er bekommen, weil er vor einer Kirche ausgesetzt wurde, in der an dem Abend ein Bingo-Turnier stattfand." Der Tierarzt beugte sich zu seinem Fellungetüm hinunter und streichelte Bingo über dessen riesigen Schädel. Gleichzeitig trat ein warmes Leuchten auf sein Gesicht. „Damals war er ungefähr so groß wie ein Zwergkaninchen und noch viel zu klein, um von der Mutter wegzukommen."

„Oh", murmelte Alexis verwundert. „Und wie alt ist er jetzt?"

„Acht." Er grinste zu ihr hoch. „Ich war noch Student und habe ihn in meine winzige Wohnung mitgenommen. Nach einem Jahr mussten wir beide umziehen, weil der Platz zu klein geworden war."

„Das sieht man“, erwiderte sie lächelnd und beobachtete, wie der Tierarzt sich wieder erhob. „Wissen Sie, von welcher Rasse Bingo abstammt?“

„Ganz sicher ist einer seiner Vorfahren ein Bernhardiner. Was die Gefräßigkeit angeht, müsste ein Labrador mit dabei sein, obwohl Bingo nicht gerne ins Wasser geht.“ Auffordernd hielt er ihr eine Hand hin.

Alexis brauchte einen Moment, um zu begreifen, dass er ihr die Handtasche abnehmen wollte, und reichte sie ihm mit geröteten Wangen. Um den peinlichen Moment zu überspielen, räusperte sie sich und deutete auf die anderen Hunde, die noch immer vor ihr saßen und keineswegs einschüchternd wirkten.

„Haben Sie Ihre anderen Hunde auch adoptiert?“

„Alles meine Tiere sind aus dem Tierheim“, erläuterte er ruhig.

„Sie haben noch andere Tiere?“ Verwirrt legte sie den Kopf schief und sah sich einen kurzen Augenblick um. Für einen Junggesellen war sein Haus nicht nur unfassbar groß, sondern auch unglaublich ordentlich und sauber. An den Wänden hingen unzählige Fotografien von Tieren, von der Natur und von Menschen, mit denen

Henry abgebildet war. Ansonsten beherrschte gemütliches Holz das Haus, das frei stand und einen großzügigen Vorgarten sowie eine geräumige Einfahrt besaß. Bewundernd sah sich Alexis um und fing den amüsierten Blick des Tierarztes ein, mit dem er sie zu fragen schien, ob ihr gefiel, was sie sah.

Statt diese Frage auszusprechen, erklärte er ruhig: „Irgendwo im Haus und Garten schleichen noch zwei Katzen umher, die dritte liegt mit Stinker auf dem Sofa und scheint den Welpen adoptiert zu haben. Außerdem leben noch drei Schildkröten, zwei Chinchillas und eine Eidechse bei uns."

„Eine *Eidechse*?"

Seufzend hob er die Hände. „Sie ist vor gut drei Monaten im Tierheim abgegeben worden. Da ich ein großes Terrarium habe und mich mit Exoten auskenne, habe ich sie zu mir genommen. Im Tierheim ..." Er schnitt eine Grimasse und vollendete seinen Satz nicht. Alexis konnte sich auch so denken, was er ihr sagen wollte.

„Sie haben wirklich viele Tiere", raunte sie leicht fassungslos.

„Nun, ich bin schließlich Tierarzt geworden, weil ich Tiere liebe“, scherzte er fröhlich und deutete auf die drei Hunde, die Alexis noch immer voller Freude anschauten. „Ich fürchte, dass sie alle von Ihnen begrüßt werden möchten.“

„Oh.“ Alexis befreite sich von ihrem Welpen und ging zögerlich auf die drei zu, um ihnen unbeholfen über die Köpfe zu kraulen. Fremde Hunde jagten ihr einfach höllisch Respekt ein.

Sobald Alexis die drei gekrault hatte, ließ Henry einen leisen Pfiff hören, auf den die Hunde sich erhoben und zurück ins Haus liefen.

Die drei hätten nicht unterschiedlicher sein können, dachte Alexis. Einer war beinahe dürr mit schwarzem kurzen Fell, der andere winzig und etwas mopsig mit lockigem Fell und einer heraushängenden Zunge, während der dritte wie ein weißer Schäferhund aussah. Außerdem fehlte ihm ein Hinterbein, wie Alexis schockiert bemerkte, als sie ihn beobachtete, wie er durch den Flur tapste.

„Sammy wurde von einem Auto angefahren“, murmelte der Tierarzt direkt hinter ihr, als wüsste er schon wieder, woran sie dachte. „Sein Besitzer wollte ihn nicht mehr haben, weil er mit einem *Krüppel* nicht mehr auf die Jagd gehen könne, wie er sagte.“

Mit einem Kloß im Hals legte sie den Kopf zurück und musterte Henry, der eine verschlossene Miene aufgesetzt hatte. „Was für ein Arschloch“, entfuhr es ihr, bevor sie darüber nachdachte.

„Ein Riesenarschloch“, bestätigte der Tierarzt grimmig.

Alexis schluckte. „Haben Sie Sammy auch aus dem Tierheim?“

Er schüttelte den Kopf, bevor sich ein winziges Lächeln auf sein Gesicht stahl. „Sie war meine Patientin. Als ich hörte, wie ihr früherer Besitzer sie einen Krüppel nannte und sie einschläfern lassen wollte, schlug ich ihm vor, mir die Hündin zu überlassen, und habe sie mit nach Hause genommen, als sie gesund war. Einen klügeren Hund habe ich noch nie gesehen.“

Von Sekunde zu Sekunde wurde der Tierarzt noch liebenswerter und schaffte es, dass Alexis weiche Knie bekam. Mit großen Augen sah sie ihn an, musterte den leichten Bartschatten auf seinen Wangen und befürchtete, sich über kurz oder lang zu blamieren, weil sie niemals zuvor so gerne einen Mann geküsst hätte.

„Außerdem gibt sie einen vorzüglichen Muttерersatz ab“, lachte er und unterbrach ihre Gedanken, die sich um einen nackten blondhaarigen Tierarzt drehten. „Den ganzen Tag hat sie sich um die Welpen gekümmert, bis Miss Sophie entschied, dass Stinker nun ihr Baby sei.“

„Miss Sophie?“

„Meine Katze.“ Er schnitt eine Grimasse. „Den Namen habe nicht ich ihr gegeben.“

„Aha“, lachte sie fröhlich und folgte ihm kurze Zeit später in ein geräumiges Wohnzimmer mit angeschlossener Küche, in der sich die restliche Rasselbande befand. Sogar Stinker ließ sich dazu hinab, Alexis zu begrüßen, bevor er sich wieder auf die Couch verkrümelte, um dort mit einer Katze zu kuscheln, die geradezu hoheitsvoll zu Alexis blickte, um sie anschließend zu ignorieren. Ein wenig erstaunt war Alexis, als sie sah, dass die Katze nur noch ein Auge hatte, und spürte ein seltsam warmes Gefühl in sich aufsteigen, als sie Henry verstohlen betrachtete, der eine Runde Leckerchen an die Hunde verteilte. Alle Tiere wirkten zufrieden, glücklich und gesund. Stinker jedenfalls schien sich wie zu Hause zu fühlen, als er sich wieder zu Miss Sophie gesellte. Satansbraten dagegen ließ sich auf Alexis Fuß nieder, sobald diese sich an den runden Esstisch gesetzt hatte.

Einerseits war es mehr als gemütlich, hier zu sitzen und mit Henry Kaffee zu trinken, den er wortlos einschenkte, andererseits war es etwas unbehaglich, ihm gegenüber zu sitzen und nur darüber nachdenken zu können, dass sie ihn küssen wollte, während er überhaupt kein Interesse an ihr zu haben schien.

„Wie waren Ihre Termine?"

Sie lächelte in ihre Tasse. „Wenn Sie wissen wollen, ob wir Kenny Rogers auftreten lassen können, muss ich Sie leider enttäuschen."

„Ich bin untröstlich!" Auch er nippte an seiner Tasse. „Welche Band wird es stattdessen werden?"

„Die *Flying Eagles*."

„Die *Flying Eagles*?" Er klang, als hätte er sich verschluckt. „Wer denkt sich denn so einen Namen aus?"

„*Das* habe ich mich auch gefragt."

Beide sahen sich über die Ränder ihrer Kaffeetassen an und brachen in prustendes Gelächter aus.

„Wie klingen sie denn? Die *Flying Eagles*?“

„Darf ich ehrlich sein?“

„Ich bitte darum!“

Sie schaute ihm in die Augen und krächzte lachend: „Sie klingen nicht wie fliegende, sondern wie abstürzende Adler!“

Wieder gluckste er. „Und warum haben Sie sich dann für sie entschieden?“

„Weil die anderen Bands wie Pekingenten am Spieß klangen, wenn Sie verstehen, was ich meine.“

„O je.“ Der liebenswerte Tierarzt wischte sich eine Träne aus dem Augenwinkel. „Gibt es denn wenigstens ein Feuerwerk?“

Alexis nickte und berichtete ihm von all den kleineren und größeren Punkten auf ihrer Organisationsliste, die sie glücklicherweise schon abgearbeitet hatte.

„Das klingt, als hätten Sie bereits eine Menge Arbeit hinter sich.“

„Die größte Hürde war tatsächlich, mein Handy benutzen zu können, schließlich erhalte ich seit Tagen ständig Anrufe älterer Damen, die mich zu jeder Tag- und Nachtzeit anrufen, um mir Ideen zu Eisskulpturen, Kenny Rogers oder Wahrsagern zu unterbreiten.“

„Wahrsagern?“

Sie zuckte mit der Schulter. „Vermutlich wird die Feier eine riesige Enttäuschung werden, wenn gewisse Einwohner der Stadt Countrylegenden, Superstars und esoterische Quacksalber voraussetzen, dann jedoch nur ein Feuerwerk und eine Kleinstadtband bekommen.“

„Ach, ich würde mir an Ihrer Stelle keine Gedanken machen. Die Feier wird sicherlich großartig werden.“

Sein Kompliment löste in Alexis ein außerordentlich warmes Gefühl aus und ließ sie verlegen lächeln.

„Um ehrlich zu sein, wusste ich nicht, wie aufreibend Ihr Job ist, Alexis.“

Sie rümpfte gespielt die Nase und gestand: „Wenn ich nicht einhundert Anrufe am Tag von älteren Damen bekomme, ist es erträglich.“ Zögernd sah sie ihn an. „Aber wie ich höre, bin ich nicht die einzige, die hier in Hailsboro mit älteren Damen zu kämpfen hat.“

Fragend schaute Henry sie an. „Wie meinen Sie das?“

„Nun ...“ Sie verschob nervös die Tasse auf dem alten Holztisch mit der schönen Maserung. „Man muss kein Genie sein, um zu bemerken, dass einige der Damen Sie allzu gerne verkuppeln würden.“

„Ach das!“ Er lachte schallend. „Ja, das ist mir auch schon aufgefallen.“

„Und?“, fragte sie nach einer Weile und unterdrückte ihre Ungeduld.

„Und?“

Alexis nickte ihm zu. „Stört Sie das nicht?“

„Es stört meine Sprechstundenhilfe sehr viel mehr als mich, immerhin muss sie ständig Überstunden machen, weil das Wartezimmer nicht leerer wird.“

Dass er nicht überheblich oder arrogant klang, rechnete Alexis ihm hoch an. Da sie neugierig war, fragte sie nach: „Ist das normal?“

„Dass Frauen ihre Tiere vorbei bringen, obwohl diese nicht krank sind?“ Er grinste breit. „Keine Ahnung. Ich weiß nur, dass mir der Klempner vor einem Monat erzählte, dass er ständig von ledigen Frauen angerufen wurde, die einen Wasserschaden meldeten, obwohl sie gar keinen hatten. Sobald er heiratete, ging seine Auftragsrate um dreißig Prozent zurück."

Bevor Alexis nachdachte, stieß sie hervor: „Dann wird sich Ihre Sprechstundenhilfe ja freuen, dass das Wartezimmer wieder etwas leerer wird, sobald Sie heiraten."

Da er sie mit durchdringender Belustigung ansah, wurde sie prompt rot und stammelte: „Das heißt ... falls Sie heiraten. Äh ... wollen Sie denn heiraten? Ich meine ... haben Sie jemanden ...?" Peinlich berührt verstummte sie.

Henry Gardner schien keineswegs beleidigt zu sein, da er sich lässig in seinem Stuhl zurücklehnte und seine Hände in die Taschen seiner Jeans schob. „Finden Sie erst einmal eine Frau, die mich samt meines Flohzirkus nimmt."

Das sollte vermutlich lustig klingen, aber Alexis hörte einen unterschwelligen Ton aus seiner Stimme heraus, der keineswegs lustig klang. Gerade als sie überlegte, ob sie nachhaken sollte, klingelte ein Handy. Es war jedoch nicht ihres.

Alexis beobachtete, wie Henry aufstand, den obersten Knopf seines karierten Hemdes öffnete und das Gespräch annahm, bei dessen Verlauf er immer ernster wirkte. Sobald er auflegte, nickte er ihr auffordernd zu.

„Haben Sie Lust auf einen Ausflug?“

„Oh Gott!“

„Streck dich weiter nach vorne, Alexis“, keuchte Henry ihr ins Ohr und streichelte über ihren Rücken. „Bück dich ...“

„Stop“, rief sie schweißüberströmt. „Ich kann nicht mehr!“

„Doch, du kannst“, murmelte er ihr ins Ohr und umklammerte tröstend ihre Schultern, die er rhythmisch massierte. „Tiefer, Alexis, tiefer.“

Erschrocken fuhr sie auf. „Noch tiefer?“

„So tief wie möglich“, raunte er mit heiserer Stimme.

„Himmel, Henry“, fluchte sie und keuchte nicht weniger als er. „Es tut weh! Du hast nicht gesagt, dass es wehtun würde!“

Sein warmer Atem drang an ihr Ohr, während sie ihn direkt hinter sich fühlen konnte. „Gleich ist es vorbei, Schätzchen ...“

„Das sagst du schon seit Stunden!“ Sie stieß einen angestrengten Laut aus, fügte sich jedoch seinen Anweisungen und japste nach Luft. „Wieso dauert es Stunden? In Filmen dauert ... dauert es nie so lang!“

„Schon gut“, murmelte er und presste sich an sie. „Ich bin doch hier.“

Alexis ließ den Kopf nach vorne sinken und zischte anklagend durch die Zähne hindurch: „Wenn du mir gesagt hättest, dass der Ausflug damit endet, dass ich mitten in der Nacht im Heu knien würde, dann ...“

„Dann wärst du nie mitgekommen“, beendete er ihren Satz und strich ihr fürsorglich das Haar aus dem Nacken. „Kannst du schon etwas fühlen?“

„Meine Knie sind aufgeschürft“, jammerte sie und unterdrückte einen wohligen Schauer, als seine starken Hände wieder ihre Schultern massierten. Mit einer restlichen Portion Galgenhumor klagte sie: „Normalerweise schürfe ich mir nicht die Knie auf, wenn ein Mann mich bittet, auf die Knie zu gehen ...“

„Alexis“, tadelte er sie. „Kannst du schon etwas fühlen?“

„Abgesehen davon, dass es entwürdigend ist ...“

„Entwürdigend? Für wen?“

Alexis stieß einen knirschenden Laut aus. „Für *sie* und für *mich*!“

Wieder konnte sie seinen Atem an ihrem Ohr spüren, als er murmelte: „Das ist nun einmal die Natur, meine Süße.“

„Dann kann ich es ja auf die Natur schieben, wenn ich mich ins Heu übergeben muss“, jammerte sie mit einem Wehlaut, biss die Zähne zusammen und streckte ihren Arm ein kleines Bisschen nach vorne. Gleichzeitig floss der Schweiß in Strömen über ihr Gesicht. Henry Gardner war nicht mehr ganz bei Trost, wenn er ihr *das* hier zumutete. Der Mann war ein Sadist, aber das hatte sie erst dann herausgefunden, als sie im Heu eines Stalls gekniet hatte.

„*Warum* mache ich das noch einmal?“

„Um mir einen Gefallen zu tun“, antwortete er leichthin und drückte ihre Schulter. „Und um Tess und dem Fohlen zu helfen.“

Sie stöhnte unterdrückt, als die Kontraktionen einer Wehe ihren Unterarm zu zerquetschen schienen. „Ich mache das hier *nur* für Tess und das Fohlen – du kannst mir gestohlen bleiben“, schwor sie und ignorierte sein Lachen. „Meine Mom hat mich immer davor gewarnt, zu Fremden ins Auto zu steigen. Das habe ich jetzt davon.“

„Du quasselst ziemlich viel für jemanden, der sich gerade als Geburtshelfer betätigt.“

Ihre Finger tasteten nach seinen vorherigen Anweisungen im Uterus der Stute umher, um nach den Vorderbeinen des Fohlens zu suchen, das sich zu weigern schien, auf die Welt zu kommen. Alexis biss die Zähne zusammen und keuchte so laut auf, als würde sie den Mount Everest besteigen. „Das Reden hält ... hält mich davon ab, mir allzu viele Gedanken darüber zu machen, dass ... dass mein Arm *in* einem Pferd steckt!“

„Du machst das großartig“, tröstete er mit ernster Stimme und massierte nun ihren angespannten Rücken, während Alexis ihre Stirn gegen den zitternden Pferdeschenkel presste.

Zwar bewirkten Henrys große Hände wahre Wunder, wenn sie ihre verkrampften Muskeln massierten, doch momentan wünschte Alexis sich, dass seine Hände die Größe ihrer Hände besaßen, damit er sich als Geburtshelfer hätte betätigen können.

Entschlossen biss sie die Zähne zusammen, als die nächste Wehe kam und ihr den Arm zu zerquetschen schien, bevor sie anschließend unter lautem Stöhnen nach den Beinen des Fohlens tastete, das in der falschen Lage im Bauch seiner Mutter lag. Sie steckte bis zur Schulter in der Stute und konnte nicht glauben, was sie hier tat. Den Gestank, das Blut und den Schleim nahm Alexis gar nicht mehr wahr, sondern konzentrierte sich völlig darauf, das Fohlen zu drehen, damit es geboren werden konnte. Unter Mühen bekam sie seine Hufe zu fassen und gehorchte Henrys ruhigen Befehlen. Vorsichtig und behutsam und unter größten Anstrengungen zog und schob sie an den Extremitäten des ungeborenen Fohlens, lauschte Henrys leiser Stimme und schnappte dabei immer wieder nach Luft.

Gerade als sie dachte, dass sie es nicht schaffen würde, veränderte sich plötzlich alles und die Stute wieherte laut auf, als die nächste Wehe kam. Während Alexis ihre Hand mit einem Schwall Fruchtwasser und anderen Flüssigkeiten aus dem Uterus der Stute herauszog, erschienen plötzlich zwei Hufe. Ein Zittern ging durch die Stute, die sich krümmte und ihr Fohlen aus sich hinauspresste.

Sobald das kleine glitschige Fohlen im Stroh der Pferdebox lag und von Henry abgerieben wurde, torkelte Alexis wie betrunken zu der hölzernen Wand hinter sich und ließ sich mit wackeligen Beinen auf einen Hocker sinken. Völlig ausgelaugt, verschwitzt und fassungslos beobachtete sie, wie Tess ihr Fohlen anstupste und es anschließend abzulecken begann, während Henry mit einem strahlenden Lachen in ihre Richtung starrte.

Alexis konnte sich nicht mehr rühren, erwiderte das Lachen jedoch schwach und schloss für einen Moment die Augen, die so sehr brannten, als wäre Alexis in Kontakt zu Tränengas gekommen. Ein paar Schluchzer konnte sie nicht unterdrücken, wusste jedoch nicht, ob diese dem Wunder der Geburt oder ihrer eigenen

Anstrengung geschuldet waren. Nur am Rande nahm sie noch wahr, dass Tess Besitzer dazu kam und sich bei ihr bedankte.

Kurze Zeit später stand sie im Badezimmer des Farmers, wusch sich gründlich und schlüpfte in ein Sweatshirt, das Henry ihr gerade durch die Tür gereicht hatte. Er war es auch, der Posten vor dem Badezimmer genommen hatte und sie nun besorgt anstarrte, als sie den Raum verließ.

„Alles okay mit dir?“

Lächelnd nickte sie. Tatsächlich verspürte sie ein Hochgefühl, das sie niemals zuvor gekannt hatte, doch gleichzeitig war sie so müde, dass sie zehn Jahre lang hätte durchschlafen können. Dass der blondhaarige Tierarzt, der sie so gut wie niemand sonst zu quälen wusste, kurz den Arm um ihre Schulter legte und sie drückte, quittierte sie mit einem zufriedenen Seufzer.

„Morgen wird dein Arm voller blauer Flecken sein.“

„Egal“, murmelte sie und lief neben ihm über den Hof der Farm, nachdem er seinen Arm von ihrer Schulter genommen hatte. Zu gerne hätte sie ihm gesagt, dass er seinen Arm dort hätte liegen lassen sollen. „Geht es dem Fohlen gut? Und was ist mit Tess?“

„Denen geht es fabelhaft – dank dir.“

„Schon gut“, winkte sie ab und wankte auf die Beifahrertür seines SUVs zu. Sie wollte einfach nur noch schlafen.

„Alexis ...“

„Mhh?“ Sie drehte sich zu ihm um und zog fragend die Augenbrauen in die Höhe, bevor sie einen überraschten Laut ausstieß, als er ihre Schultern umfasste und sie küsste.

Obwohl sie völlig erschöpft und ausgelaugt war, erwachten ihre Lebensgeister, sobald er seinen Mund auf ihren legte und sie an seinen kräftigen Körper zog. Alexis hatte das Gefühl, dahin zu schmelzen, streckte ihm das Gesicht entgegen und legte nach einem kurzen Augenblick ihre Hände auf seinen Rücken. Sie hätte ewig dort mit ihm stehen können.

Seine Lippen waren zärtlich, stürmisch und leidenschaftlich zugleich, während sein Geruch sie einnebelte und jeden klaren Gedanken zunichte machte.

Erst als er gegen ihren Mund flüsterte, wurde ihr wieder bewusst, wo sie sich gerade befanden.

„Würdest du mit mir ausgehen, Alexis?“

Sie schluckte und brauchte drei Anläufe, um zu krächzen: „Ich dachte, du würdest mit den Besitzern deiner Patienten nicht ausgehen.“

„Dann bist du eben die Ausnahme von der Regel.“

Zufrieden lächelte sie und nickte.

9. Kapitel

Eine ganze Woche lang hatte Alexis geglaubt, dass ihr Karma endlich ein Einsehen mit ihr gehabt hätte, um jetzt festzustellen, dass sie sich anscheinend getäuscht hatte. Anders war es nicht zu erklären, dass ausgerechnet Hatty Wrinkle auf sie zukam und wie der Erzengel Gabriel wirkte, der jemanden in den Schlund der Hölle befördern wollte.

„Miss Grayson!“

„Mrs. Wrinkle“, stöhnte Alexis und sah sich im Gang des Supermarktes geradezu panisch um, schließlich konnte sie hier der alten Dame weder entkommen noch wollte sie, dass Hatty einen Blick in ihren Einkaufswagen warf. Bei dem Inhalt hätte selbst der letzte Dorftrottel gewusst, was Alexis plante.

Sie wollte wirklich nicht, dass ein Waschweib wie die herrische Hatty herausfand, dass Alexis am heutigen Abend ein Sexdate mit dem Tierarzt hatte, den die alte Dame als geeigneten Ehemann für ihre eigene Enkelin betrachtete. Doch beim Anblick des Inhalts ihres

Einkaufswagens, der aus einer sündhaft teuren Flasche Wein, süßen Desserts, gut duftender Bodylotion und einer Packung Kondome bestand, wäre es gut möglich, dass Hatty Alexis meucheln würde.

Daher schob sie den Einkaufswagen so unauffällig wie möglich hinter sich und vertiefte sich in die unterschiedlichen Waschmittel im Regal vor sich. „Äh ... hallo. Kann ich Ihnen helfen? Leider muss ich mich gleich auf den Weg machen ...“

„Alma hat mir erzählt, dass sie Sie gestern mit Dr. Gardner bei einem Spaziergang gesehen hat!“

Das konnte Alexis nicht bestreiten, immerhin hatte sie ihre vergangenen sieben Abende damit verbracht, mit Henry und den Hunden spazieren zu gehen, mit ihm im Kino einen Film zu sehen, bei ihm zu kochen oder auf seiner Couch mit ihm zu knutschen. Doch sie hoffte, dass keiner der Stadtbewohner mit einem Fernglas auf der Lauer gelegen hatte, als Henry und sie gestern wie Teenager in seinem SUV geknutscht und gefummelt hatten, als er sie nach Hause gefahren hatte. Allein die fiependen Welpen auf der Rückbank hatten sie davon abgehalten, dem verführerischen Tierarzt die Klamotten vom Leib zu reißen. Heute wollte sie dies nachholen und hatte Stinker und Satansbraten bei Cassidy untergebracht, um in Ruhe über Henry herzufallen, den sie zum Abendessen zu sich eingeladen hatte.

Um alles für diesen glorreichen Abend vorzubereiten, musste sie Hatty nun so schnell wie möglich loswerden und nach Hause rasen.

Resolut erwiderte sie daher: „Das stimmt. Henry und ich hatten gestern ein Date."

Der alten Dame blieb vor lauter Entsetzen der Mund offen stehen. „Wie ... wie bitte?"

Alexis holte tief Luft. „Dr. Gardner und ich hatten gestern ein Date." Sie schaute auf ihre Uhr. „Und heute treffen wir uns auch. Daher verstehen Sie sicher, dass ich mich jetzt beeilen muss, um nicht zu spät zu kommen."

„Miss Grayson", empörte sich Hatty. „Hatte ich Ihnen nicht gesagt, dass Dr. Gardner für Sie tabu ist? Sie sind nur hier, um unser Fest zu organisieren und Kenny Rogers zu engagieren – ganz sicher sollen Sie nicht unsere Männer stehlen!"

Da Alexis aus dem Alter heraus war, in dem sie sich von einer anderen Frau etwas sagen ließ, streckte sie lediglich die Nase in die Höhe und verkündete so hoheitsvoll wie möglich: „Mrs. Wrinkle, es tut mir äußerst leid, Sie gleich zweifach zu enttäuschen, aber ich denke erstens nicht daran, Ihretwegen aufzuhören, mich mit Dr. Gardner zu treffen, und zweitens wird Kenny Rogers nicht auf dem Stadtjubiläum auftreten."

Sie nutzte die Sprachlosigkeit der älteren Frau aus, um rasch mit ihrem Einkaufswagen an ihr vorbei zu düsen. Ob Hatty die Kondome nun gesehen hatte, juckte sie nicht wirklich.

In ihrem Haus angekommen, raste sie durch die untere Etage, um alles vorzubereiten, bevor sie unter die Dusche sprang und sich in größter Eile die Haare wusch. Erst als sie in Unterwäsche bekleidet vor dem Badezimmerspiegel stand und versuchte, ihre Haare zu kämmen, fiel ihr auf, dass sie nicht ihr Shampoo, sondern das Shampoo der Welpen benutzt hatte, das sie vor einigen Tagen gekauft hatte, nachdem sich die beiden im hartnäckigen Dreck gewälzt hatten.

Rasch überlegte sie, ob sie ihre Haare ein zweites Mal waschen sollte, als es auch schon an der Tür klopfte.

Beinahe wäre sie über ihre eigenen Füße gefallen, als sie in ihr Schlafzimmer sprang, dabei auf eines der Spielzeuge der Hunde trat und fluchend den Bademantel an sich riss. Auf dem Weg nach unten schlüpfte sie in ihren Bademantel, hüpfte gleichzeitig herum, um dem schmerzenden Fuß zu entlasten, und öffnete Henry schlussendlich mit einem Lächeln die Tür.

„Hallo."

„Hallo", erwiderte er grinsend, trat ein und schloss die Tür hinter sich, bevor er sich hinabbeugte, um sie zu küssen.

Alexis konnte nicht anders, als sich an ihn zu klammern und seinen Kuss mit Inbrunst zu erwidern. Sie schmiegte sich in seine Umarmung, presste sich an ihn und seufzte, als seine Lippen an ihren knabberten, bevor er den Kuss vertiefte. Nach einem Tag wie diesem konnte es nichts Schöneres geben, als sich mit einem Mann zu treffen, der nicht nur verdammt gut aussah, sondern sie küsste, als könne er nicht genug von ihr bekommen, und der seine Lippen von ihr löste, um an ihr zu schnüffeln.

„Mhh ... rieche ich etwa Nerzöl?"

„Mhh?“ Noch völlig benommen schlug sie langsam die Augen auf und forschte in seinem Gesicht. „Was?“

„Du riechst nach Hundeshampoo, Alexis.“ Er feixte und gab ihr einen Kuss auf die Nase.

Seufzend verdrehte sie die Augen und verzog den Mund, als sie murmelnd gestand: „Ich habe versehentlich das Shampoo der Welpen benutzt.“

Dies ließ ihn dröhnend lachen.

„Das ist nicht komisch, Henry“, tadelte sie ihn, konnte ein Zucken ihrer Mundwinkel jedoch nicht unterdrücken.

„Doch, das ist es.“ Seine Augen funkelten, als er wissen wollte: „Vermisst du die beiden schon so sehr, dass du ihr Shampoo benutzen musst?“

„Ha ha!“

„Nein, ehrlich.“ Wieder schnüffelte er an ihr und konnte ein amüsiertes Glucksen nicht unterdrücken. „Gehört das zu einer bestimmten Verführungstaktik bei Tierärzten? Stehen wir unbewusst auf den Geruch von Hundeshampoo?“

„Du Komiker.“ Verlegen nagte sie auf ihrer Unterlippe herum und griff sich in ihr Haar. „Ich war spät dran und wollte mich beeilen, daher habe nicht darauf geachtet, welches Shampoo ich ...“

„Von mir wirst du keine Klagen hören“, murmelte er und rieb mit seinen Händen über ihre Oberarme, während sein Gesicht wieder sehr nahe an ihres kam. „Frauen in Bademänteln, die nach Hundeshampoo riechen, finde ich besonders sexy.“

„Du bist sehr einfach gestrickt“, flüsterte sie und wollte ihn gerade küssen, als ihr Handy klingelte.

„Lass es klingeln“, raunte er und senkte seinen Kopf zu ihrem Hals.

Nur mühsam konnte Alexis ihn von sich schieben und benommen den Kopf schütteln. „Henry ... es könnte Cassidy sein, weil etwas mit ... mit den Welpen nicht stimmt.“

Stöhnend ließ er sie los und nickte gutmütig. „Dann geh lieber ran. Jedoch hoffe ich, dass sie nichts angestellt haben. Ich wäre nämlich richtig stinkig, wenn sie uns den Abend verderben.“

Das wäre Alexis auch, jedoch stellte sich heraus, dass sich ihre Welpen mustergültig verhielten, immerhin war nicht Cassidy am Apparat, sondern Alma Steiner, die mit der tatkräftigen Unterstützung von Hatty Wrinkle in den Hörer bellte: „Kenny Rogers wird *nicht* zu unserem Jubiläum kommen?!“

Oh Gott, das hatte ihr noch gefehlt, dachte Alexis fassungslos und sprach mit fester Stimme in den Hörer: „Mrs. Steiner, könnten wir vielleicht morgen ...?“

„*Außerdem hat sie gerade Kondome gekauft*“, drang aus dem Hintergrund Hattys dröhnende Stimme durch den Hörer. „*Du weißt, was das bedeutet, Alma!*“

„Hatty sagt, dass Sie Kondome gekauft haben“, informierte Alma Steiner Alexis mit einer Stimme, die man vermutlich bis nach Timbuktu hören konnte. „Und Ronny hat erzählt, dass er Sie und Dr. Gardner beobachtet hat, wie Sie in dessen Auto geknutscht haben!“

Fassungslos riss Alexis ihre Augen auf und begegnete dem amüsierten Blick des gerade erwähnten Tierarztes, der seelenruhig sein Kinn auf ihre Schulter bettete und zu lauschen schien, was die beiden keifenden Frauen am anderen Ende der Leitung von sich gaben. Dass er mitangehört haben musste, dass die alten Damen davon gesprochen hatten, dass Alexis Kondome gekauft hatte, war ihr so peinlich, dass sie fast im Boden versunken wäre.

„Was sagen Sie dazu, Miss Grayson?“, forderte Alma Steiner sie derart gebieterisch auf, dass sich Alexis für einen kurzen Moment wie in der Highschool fühlte, als sie zum Direktor zitiert worden war, weil sie dabei erwischt worden war, dass sie bei einem Klassenkameraden die Hausaufgaben abgeschrieben hatte.

Es dauerte einige Sekunden, bis sie innerlich den Kopf schüttelte und resolut in den Hörer sprach: „Was ich dazu sage? Ich sage dazu, dass Sie Ihre Informationen nicht vom städtischen Spanner beziehen sollten und dass es sich nicht gehört, in die Einkaufswagen anderer Leute zu schauen!“

„Also ...“ Alma schnappte empört nach Luft. „Hören Sie mal ...“

Henry amüsiertes Kichern drang ihr ins Ohr. Entschlossen straffte Alexis die Schultern. „Sagen Sie Ronny, dass er sich heute von meinem Schlafzimmerfenster fernhalten soll, wenn er nicht will, dass ich meine Hunde auf ihn hetze." Dann legte sie einfach auf und schaltete ihr Handy auf stumm.

„Gib es zu", lachte Henry in ihr Ohr und schlang beide Arme um ihren Oberkörper. „Du beginnst, die Stadt richtig gernzuhaben, oder?"

„Und wie", ächzte sie und legte ihre Hände auf seine starken Unterarme, während sie ihren Rücken an seine Brust schmiegte.

Keine Sekunde später glitten seine Lippen über ihren Hals. „Was meinte Alma, als sie davon sprach, dass du Kondome gekauft hast?", fragte er mit milder Neugierde.

„Keine Ahnung", seufzte Alexis und legte den Kopf zur Seite, während sie die Augen schloss und erwartungsvoll erzitterte.

Sein Murmeln ging ihr durch und durch. „Und was wolltest du damit sagen, dass sich Ronny heute von deinem Schlafzimmerfenster fernhalten soll?"

„Weise Voraussicht", erwiderte sie stöhnend und drehte sich zu ihm um, um in seine hellblauen Augen zu schauen und mit trockenem Hals zu flüstern: „Sollen wir das Gespräch nicht lieber oben fortsetzen? In meinem Schlafzimmer?"

Grinsend nahm Henry ihr Gesicht in beide Hände und küsste sie tief.

Gähnend erwachte Alexis, als etwas Kaltes immer wieder gegen ihre Hand stieß und ein Fiepen an ihr Ohr drang.

„Nicht“, stöhnte sie leise und rollte sich auf den Bauch, um gleich darauf zu spüren, wie jemand ihr die Hand leckte.

Aus den Tiefen des Bettes erklang ein weiteres Stöhnen, das darauf schließen ließ, dass Henry ebenfalls wach wurde. Obwohl Alexis noch völlig verschlafen war, erinnerte sie sich schlagartig daran, dass ihr Freund erst mitten in der Nacht nach Hause gekommen war, weil er zu einem Notfall gerufen worden war. Daher wollte sie ihn jetzt schlafen lassen, öffnete blinzelnd die Augen und rieb sich über das Gesicht, bevor sie zur Seite blickte und sah, dass sich drei Hunde um das Bett versammelt hatten. Stinker, Satansbraten und Henrys schwarzer Retriever Mac schauten ihr erwartungsvoll entgegen, während die sanftmütige Sammy seelenruhig am Fußende schlief und sich durch nichts stören ließ.

Glücklicherweise bevorzugten es der gewaltige Bernhardiner-Mix Bingo sowie der gefräßige Terrier Cooper, unten im Wohnzimmer zu schlafen, weil es auch schon so ziemlich überfüllt in Henrys Schlafzimmer war.

Einen Moment lang sah sich Alexis verschlafen um, setzte sich vorsichtig auf und drehte sich zu Henry, der nackt auf dem Bauch lag und sein Kopfkissen umklammerte. Mit einem liebevollen Lächeln streckte Alexis die Hand aus und fuhr ihm vorsichtig durch das Haar, bevor sie sich über ihn beugte und ihm einen Kuss auf die Schulter drückte.

„Soll ich aufstehen?", fragte er schläfrig, machte jedoch keine Anstalten, sich zu erheben.

„Schlaf weiter", murmelte sie und zog die Decke höher. „Ich lasse die Hunde raus."

„Danke, Schatz", lallte er schläfrig und war im nächsten Moment wieder eingeschlafen.

Mit klopfendem Herzen saß Alexis in seinem Bett und setzte ein törichtes Lächeln auf, weil er sie *Schatz* genannt hatte. Dafür, dass sie sich erst seit drei Wochen kannten, sich seit zwei Wochen verabredeten und seit einer Woche miteinander schliefen, war der Gebrauch von Koseworten sehr früh – und sehr schön, wie Alexis fand. Verliebt betrachtete sie den schlafenden Tierarzt ein paar Sekunden lang und ließ ihren Blick anschließend durch sein Schlafzimmer wandern, das von Hunden bevölkert war, die darauf warteten, dass sie hinaus in den Garten durften.

Alexis schwang ihre Beine aus dem Bett, schlüpfte in eines von Henrys Sweatshirts und kraulte Sammy den Kopf, die ebenso schläfrig wie ihr Herrchen zu ihr aufsah.

„Du bist ein liebes Mädchen", raunte sie der Hündin zu, während Stinker und Satansbraten an Alexis Beinen hochsprangen und Mac voller Vorfreude mit dem Schwanz wedelte.

Auf dem Weg nach unten wich sie Henrys Kater Casper aus, der es sich auf einer Treppenstufe bequem gemacht hatte, und öffnete im Erdgeschoss die breite Tür zum Garten, durch die keine Sekunde später die drei Hunde schossen, um über den Rasen zu tollen.

Da sie erst gestern Morgen in eine kleine Pfütze getreten war, die einer ihrer Welpen auf Henrys Küchenfußboden hinterlassen hatte, beäugte sie den Boden kritisch, sah zu ihrer absoluten Erleichterung, dass hier kein Unfall passiert war, und stellte die Kaffeemaschine an. Während sie darauf wartete, dass sie einen Schluck Koffein zu sich nehmen konnte, da sie all ihre Kraft brauchte, um den letzten Tag vor dem großen Jubiläum morgen zu überstehen, griff sie nach einem Stück Zwieback und schob sich diesen in den Mund. Anfangs hatte sie sich gewundert, dass ein erwachsener Mann Zwieback im Haus hatte, doch nachdem sie erfahren hatte, dass Mac ständig Magenprobleme hatte und daher mit dem bekömmlichen Gebäck gefüttert wurde, hatte sie die Klappe gehalten.

Ein Mann, der nur für seinen Hund Zwieback im Haus hatte, konnte nicht perfekter sein. Das hatte Alexis inzwischen begriffen.

Als hätte sie gespürt, dass nicht nur Mac und sie gerne Zwieback aßen, wandte sie den Kopf nach links zu der gemütlichen Couch, auf der Bingo lag und ihr einen sehnsuchtsvollen Blick schenkte. Selbstverständlich griff sie nach einem weiteren Stück und trat lächelnd an die Couch, um Bingo zu füttern, der dankbar mit dem Schwanz wedelte.

„Nicht Herrchen sagen“, wies sie den riesigen Hund an, der eigentlich eine strenge Diät halten musste. Angesichts der sanften Augen des Koloss erweichte jedoch jedes Mal ihr Herz.

Gerührt bemerkte sie, dass der Rüde ihr den Bauch präsentierte, und wurde gleich darauf unterbrochen, da ihr Handy auf dem Esstisch brummte.

Keineswegs begeistert schnappte sie sich das Telefon und trat damit in den Garten, in dem die drei Hunde tobten. Als sie die Nummer ihres Chefs sah, verging ihr sogar der Anblick der glücklichen Hunde.

„Hi Gordon. Was gibt’s?“

„Alexis.“ Er klang atemlos. „Ich habe Scheiße gebaut ...“

Das war nichts Neues, dachte Alexis und schnitt eine Grimasse. „Moment, ich verstehe nicht ...“

„Savannah“, fluchte er aufgebracht. „Sie ruiniert einfach alles! Bitte, kannst du nach Miami kommen und den Karren aus dem Dreck ziehen?“

Sprachlos öffnete sie den Mund und sagte sich, dass sie eigentlich jubeln sollte, stattdessen hatte sie das Gefühl, einen Schlag in den Magen abbekommen zu haben. „Was?“

„Alexis“, keuchte er in den Hörer. „Die Kacke ist am Dampfen! Wenn das so weiter geht, wird Stanley Macintosh nie wieder eine Veranstaltung von uns ausrichten lassen. Der Mann schäumt vor Wut!“

Irgendwie gefiel ihr die Vorstellung, dass Gordon dank seiner Bettgeschichten in Schwierigkeiten war, und sie fragte liebenswürdig nach: „Was hat dein Betthäschen denn angestellt?“

„Das sage ich lieber nicht“, zischte er, bevor er geradezu weinerlich flehte: „Bitte, Alexis! Du musst unbedingt herkommen und retten, was noch zu retten ist!“

Sie schluckte und würgte hervor: „Gordon, morgen findet das Stadtjubiläum statt. Ich kann nicht einfach alles stehen und liegen lassen, um nach Miami zu fliegen.“

„Du wolltest doch unbedingt die Divine-Party veranstalten“, hielt er ihr entgegen.

Der Kloß in ihrem Hals wollte nicht weichen. „Ja, das wollte ich, aber dann hast du Savannah den Auftrag gegeben und mich nach Texas geschickt.“

„Ich habe Scheiße gebaut und nur mit meinem Schwanz gedacht, okay!“ Gordon klang ärgerlich, verzweifelt und zerknirscht zugleich, was eine gewisse Tragik besaß – von der Komik der Situation ganz zu schweigen.

Alexis seufzte. „Gordon ...“

„Ich würde dich nicht auf Knien anflehen, wenn es nicht so wichtig wäre!“ Er krächzte in den Hörer. „Nenne mir deine Gehaltsvorstellung und ich stimme zu. Hauptsache, du kommst so schnell wie möglich nach Miami.“

Zögernd fuhr sie sich durch ihr Haar und hörte ein Rauschen in ihren Ohren. Geradezu widerstrebend entgegnete sie: „Ich ... ich komme nach Miami ...“

„Danke, Alexis! Danke.“

„Aber ich kann erst übermorgen fliegen“, schränkte sie ein.

„Alexis!“

Sie holte tief Luft. „Nein, Gordon, ich fliege erst übermorgen nach Miami. Vorher will ich das Jubiläum über die Bühne bringen und ... und etwas klären."

Es war einen Moment ruhig, bevor ihr Chef ein lautes Stöhnen losließ. „Von mir aus! Aber beeil dich!"

Das Klicken in der Leitung sagte ihr, dass er aufgelegt hatte.

Mit einem dumpfen Gefühl in der Brust drehte sie sich wieder um und wollte zurück ins Haus gehen, um erschrocken hochzufahren, als sie Henry sah, der in der Tür stand, zwei Kaffeetassen in seinen Händen hielt und sie stirnrunzelnd anstarrte.

„Henry ... ich dachte, dass du noch schlafen wolltest."

Er sagte nichts, sondern musterte sie eingehend, bevor er grimmig erwiderte: „Ich hatte die Befürchtung, dass Bingo dich mal wieder weichkochen würde, und wollte dir eine Tasse Kaffee bringen."

„Oh ..." Verlegen trat sie von einem Bein auf das andere und überspielte ihr flatterndes Nervenkostüm, indem sie ihm ein zittriges Lächeln schenkte. „Danke. Das ist lieb von dir – also das mit dem Kaffee."

„Mhh." Henry machte keine Anstalten, ihr die Tasse zu reichen, sondern nickte dem Handy in ihrer Hand zu. „Wer war das?"

„Das ... das war mein Chef Gordon."

„Der von dir will, dass du nach Miami fliegst."

Sie zögerte und ließ die Schultern sinken, bevor sie bat: „Henry, ich ... es ist nun einmal mein Job. Versteh doch ..."

Die Sekunden verstrichen, in denen sich beide schweigend anstarrten, bis Henry endlich das Wort ergriff.

So abweisend hatte sie ihn nie zuvor erlebt. „Du wirst nicht zurückkommen, wenn du in Miami fertig bist, oder?"

Alexis fuhr sich über die trockene Unterlippe. „Du weißt doch, dass ich in Chicago lebe."

„Schon klar." Seine hellblauen Augen verdunkelten sich, als er in Richtung Garten nickte, in dem Stinker und Satansbraten Mac anbellten, damit er mit ihnen spielte. „Ich schätze, dass du die Welpen meintest, als du davon gesprochen hast, hier noch etwas klären zu müssen, oder?"

Eigentlich hatte sie an ihn gedacht, doch nun gab sie zu: „Ja, ich meine, ich werde ihnen ein schönes Zuhause suchen müssen.“

Als er verächtlich schnaubte und ihr den Rücken zudrehte, wurde sie wütend und folgte ihm ins Haus.

„Verdammt, Henry! Du weißt genau, dass ich niemals die Absicht hatte, die beiden mit mir nach Chicago zu nehmen! Ich habe weder die Zeit noch den Platz, um mich um die beiden zu kümmern.“

„Dann ist doch alles gut“, brummte er und schüttete den Inhalt beider Tassen in das Spülbecken.

Ahnungslos, was sie sagen oder tun sollte, um die Situation zu klären, blieb sie frustriert hinter ihm stehen. „Ich will nicht, dass du wütend bist, aber ich wünschte, du würdest mich verstehen“, rief sie ihm zu. „Hast du vergessen, dass ich erst seit drei Wochen hier bin? Es war nur mein Job ...“

Mit vor Wut funkelnden Augen drehte er sich zu ihr um und umklammerte mit beiden Händen die Spüle hinter sich. „Du willst deine Hunde einfach abschieben und nimmst deinen Job als Vorwand, um dich zu rechtfertigen, Alexis. Verdammt, ich habe mich so in dir getäuscht."

Ihr ging die Hutschnur hoch. „Wie bitte? Ich habe von Anfang an mit offenen Karten gespielt und gesagt, dass ich sie nur vorübergehend zu mir nehmen kann!"

„Aber das war, bevor sie dir ans Herz gewachsen sind", hielt er ihr vor und warf den Kopf zurück. „Kannst du die beiden wirklich einfach abgeben?"

Wieder war da dieser Kloß in ihrem Hals, während ein unangenehmer Schauer über ihren ganzen Körper fuhr. Dass Stinker und Satansbraten ausgerechnet jetzt draußen im Garten fröhlich kläfften, ließ Übelkeit in ihr aufsteigen. Dennoch wehrte sie sich entschlossen und murmelte: „Sie haben es woanders besser als bei mir."

„Scheiße", fluchte Henry ungehalten. „Hör damit auf! Wo bitte sollen sie es besser haben als bei dir?"

„Ich bin kein solcher Tierfreund wie du", schrie sie beinahe.

„Ach ja?"

„Ja!"

Er zog eine dunkelblonde Augenbraue in die Höhe und wollte voller Ironie wissen: „Willst du damit sagen, dass du Tiere quälst, indem du sie auf die Couch lässt, sie im Bett schlafen lässt, ihnen haufenweise Spielzeug kaufst und sogar deine Bürste benutzt, um ihr Fell zu entwirren?“

Alexis riss die Augen auf, weil sie nicht gewusst hatte, dass sie dabei beobachtet worden war, wie sie vorgestern Coopers verfilztes Haar mit ihrer Bürste gekämmt hatte.

„Das ... das hat doch nichts damit zu tun!“ Entschlossen schüttelte sie den Kopf, um mit aller Vernunft zu argumentieren. „Mein Job ist stressig, Henry. Sehr stressig. Weder Stinker noch Satansbraten wären sonderlich glücklich bei mir. Ich habe keinen Garten und würde sie ständig zu einer Hundesitterin geben müssen.“

„Du könntest dir einen anderen Job suchen“, schlug er hartnäckig vor.

„Henry ...“

Seine Augen wurden zu Schlitzen. „Abgesehen davon, dass du mit dem Gedanken spielst, Stinker und Satansbraten abzuschieben, kann ich nicht verstehen, dass ich dir so egal zu sein scheine, dass du ohne zu zögern fortgehen willst.“

Wenn sie nicht aufpasste, würde er sie zum Weinen bringen. Unglücklich holte sie Luft. „Wir könnten uns besuchen ..."

„Besuchen?"

Obwohl er von ihrer Idee nicht sonderlich angetan zu sein schien, nickte Alexis nachdrücklich und brachte ein zitterndes Lächeln zustande. „Mit dem Flugzeug sind es nur ein paar Stunden."

„Hörst du dir eigentlich selbst zu?", wollte er leise wissen.

„Henry", flüsterte sie unbehaglich. „Es ... es sind doch erst zwei Wochen. Woher sollen wir wissen, ob ... ob es mit uns gut geht?"

Ein Schatten fiel über sein Gesicht, als er gestand: „Ich weiß, dass ich mich in dich verliebt habe, als du Stinker und Satansbraten panisch hinterhergelaufen bist und mir bei der Geburt des Fohlens geholfen hast."

Ein Glücksgefühl durchflutete sie, bevor sich eine dumpfe Frage in ihrem Kopf formte und einen Moment später von ihr ausgesprochen wurde: „Bist du meinetwegen in mich verliebt? Oder wegen der Welpen?"

Der zärtliche Mann, der Tiere adoptierte, die niemand sonst haben wollte, und der sie vor wenigen Minuten Schatz genannt hatte, erklärte mit fester Stimme: „Ich bin in die Frau verliebt, die zwei Welpen zu sich ins Bett nimmt und mit meiner dreibeinigen Hündin kuschelt, aber mit der Frau, die ihre Hunde abgibt, weil ihr der Job wichtiger ist, kann ich nicht zusammen sein."

Sie wich zurück und hatte das Gefühl, von ihm geohrfeigt worden zu sein. „Das ist nicht fair", flüsterte sie entsetzt. „Ich kann nichts dafür, diesen Job zu haben, und ich führe nun einmal ein Leben, in das die beiden Hunde nicht hineinpassen."

Henry wirkte ebenso unglücklich wie sie. „Weißt du, dass Sammys früherer Besitzer etwas ganz Ähnliches gesagt hat?"

Fassungslos wich Alexis zurück. „Wage es nicht", fuhr sie ihn zitternd an. „Wie kannst du mich mit diesem Mann vergleichen?"

Anscheinend hatte er gerade selbst gemerkt, dass er zu weit gegangen war, da er zerknirscht das Gesicht verzog. „Alexis ..."

„Das ist unfair!“ Tränen sammelten sich in ihren Augen und sie wich ein weiteres Mal zurück, als er einen Schritt auf sie zumachen wollte. „Wie kannst du so etwas sagen?“

„Es tut mir leid“, stöhnte er. „Das hätte ich nicht sagen sollen.“

Alexis starrte ihn an, schüttelte den Kopf und erklärte gebrochen: „Ich gehe und nehme die Welpen mit.“

„Alexis ...“

„Nein!“ Entschlossen straffte sie die Schultern. „Ich bin kein schlechter Mensch und lasse nicht zu, dass du mich wie einen behandelst.“

Er wirkte völlig fassungslos. „Ich habe niemals gesagt, dass du ein schlechter Mensch bist!“

Traurig sah sie zur Seite. „Doch, das hast du ... irgendwie.“

10. Kapitel

Alexis fragte sich verzweifelt, wie zwei kleine Welpen in nur drei Wochen so viele Besitztümer ansammeln konnten, als sie alle Spielsachen, Kuscheldecken, Kauknochen, Leckerchen, Körbchen, Näpfe, Halsbänder, Leinen und Hygieneartikel der beiden zusammensuchte, um diese in ihr Auto zu packen. Stinker und Satansbraten saßen derweil in ihrer Transportbox und jaulten um die Wette.

Ihr aufgelöstes Frauchen ignorierte das Gejammer der beiden so gut wie möglich, suchte alles zusammen und begann anschließend ein Blatt Papier zu nehmen, auf dem sie alle Eigenarten, Charakterzüge und Bedürfnisse der Welpen aufschrieb, damit die Mitarbeiter des Tierheimes wussten, wie sie Stinker und Satansbraten versorgen mussten.

Stinker zum Beispiel trank sein Wasser gerne eiskalt, während Satansbraten zum Trinken regelrecht animiert werden musste. Da Alexis ständig Angst hatte, dass der Welpe zu wenig trank und dehydrierte, hatte sie damit begonnen, in sein Trockenfutter Wasser zu gießen. Das half glücklicherweise. Außerdem war Satansbraten ganz verrückt nach Bananen. Stinker dagegen bekam von Bananen schlimmste Blähungen. Zudem mussten die Näpfe der beiden in einem Abstand von mindestens drei Metern auf den Boden gestellt werden, damit sie sich nicht um ihr Essen stritten. Zwar benutzten sie sehr friedlich einen gemeinsamen Wassernapf, aber beim Essen herrschten strikte Regeln. Desweiteren mussten beiden Näpfe auf dem Boden stehen bleiben, wenn sie gegessen hatten, da Stinker und Satansbraten den jeweils anderen Napf kontrollierten, um noch etwaigen Futterresten zu suchen.

Sehr akkurat beschrieb Alexis, welche Kuscheldecke zu welchem Welpen gehörte, dass beide nicht gern badeten, jedoch ruhig in der Badewanne sitzen blieben, wenn man ihnen vorsang, dass Stinker unter der rechten Pfote sehr empfindlich war und dass Satansbraten es mochte, wenn man beim Kuscheln seine Ohren massierte. Als sie dabei war, den vierten Zettel zu beschreiben, brach sie in Tränen aus, bettete ihren Kopf auf ihre

Unterarme und stimmte in das herzzerreißende Gejaule der Welpen mit ein.

Sie konnte die beiden nicht abgeben und wurde bei dem Gedanken verrückt, dass sie keinen Einfluss mehr darauf haben könnte, ob es ihren Hunden gut geht, wer auf sie aufpasste und ob derjenige auch darauf achtete, dass sie genug aßen, tranken, spielten und in einem Bett schlafen durften, wenn sie nachts aufwachten und fiepten. Alexis bekam kaum Luft, als sie sich vor Augen hielt, dass Stinker und Satansbraten womöglich zu einem Menschen kommen würden, der sie nicht so lieb hatte wie sie, der sie vielleicht schlagen könnte und der kein Verständnis dafür hatte, dass die beiden gerne Möbel annagten.

Auch der Gedanke, dass beide tiefunglücklich in einem Tierheimzwinger sitzen würden und sich womöglich fragten, wo ihr Frauchen war und warum sie die beiden nicht mehr lieb hatte, zerriss ihr das Herz.

Mit einem Schluchzen befreite sie die beiden aus ihrer Transportbox, setzte sich mit ihnen auf den Boden ihres Mietshauses und ließ sich von Stinker und Satansbraten die Tränen von den Wangen lecken. Nur mühsam konnte sie sich soweit beherrschen, die kleinen Hunde nicht mit ihrer Umarmung zu erdrücken.

Während es in ihren Ohren rauschte, ihr Herz schmerzhaft schlug und ihr Magen sich langsam wieder beruhigte, vergrub sie ihre Nase im Fell der sich windenden Welpen, atmete tief durch und fragte sich, was sie wollte.

Noch vor drei Wochen hatte sie sich geschworen, eine neue Handtasche zu kaufen, sobald sie wieder in der Stadt war, doch jetzt merkte sie, dass sie eher darüber nachdachte, ihren beiden Hunden die hübschen Geschirre zu kaufen, die sie im Internet entdeckt hatte, und Mac das gleiche Geschirr zu kaufen, weil die drei sowieso unzertrennlich waren. Außerdem hatte Cooper wie eine Katze geschnurrt, als sie ihn mit ihrer tollen Bürste aus Wildschweinborsten gekämmt hatte, sodass sie überlegt hatte, für den Terrier die gleiche zu kaufen. Zudem war es nicht mehr mitanzusehen, wie zerfleddert Henrys Arzttasche war. Es wäre viel sinnvoller, in eine neue Arzttasche für ihn Geld zu investieren als in eine Handtasche, die die Welpen über kurz oder lang sowieso zerstören würden.

Henry.

Alexis schluckte hart. Seit gestern Morgen rief er sie ununterbrochen an und wollte sich für seine Worte entschuldigen, aber sie hatte ihn nie gelassen, weil sie gewusst hatte, wie schwierig es wäre, an ihrem Entschluss festzuhalten, wenn sie ihm länger zuhören würde.

Wie konnte man in einen Menschen verliebt und gleichzeitig böse auf ihn sein? Wie konnte man ihn bewundern und ihm gleichzeitig eine scheuern wollen, bevor man ihn küssen wollte, bis einem schwindelig war? Und wie kam es, dass eine Frau, die früher nach jedem Toilettengang in einem Restaurant Desinfektionstücher benutzt hatte, heute nichts mehr wollte, als mit zwei Welpen, einer dreibeinigen Hündin, einem übergewichtigen Bernhardiner, einem sabbernden Retriever und einem zerzausten Terrier sowie ihrem großherzigen Herrchen in einem Bett zu liegen?

Das Heulen hatte ihr mittlerweile einen Schluckauf beschert, der nicht weichen wollte und der den Welpen zu gefallen schien. Jedenfalls kläfften sie euphorisch im Takt des Schluckaufs ihres Frauchens. Alexis griff nach ihrem Handy, hielt Stinker auf ihrem Schoß und rief Gordon an, um ihm krächzend mitzuteilen: „Ich kündige!“

Anschließend legte sie einfach auf, schaute in die pelzigen Gesichter ihrer Hund und fragte zögernd: „Sollen wir eure Sachen wieder auspacken?“

Natürlich gaben die beiden keine Antwort, sondern legten scheinbar nachdenklich die Köpfe schief.

Alexis lächelte schwach und zog beide an sich, bevor sie murmelte: „Jetzt müssen wir nur Herrchen überreden, dass wir bei ihm einziehen dürfen.“

Die Fiepen der beiden zauberte ein Lächeln auf ihre Lippen.

Henry war trotz der Menschenmenge, die sich auf dem Stadtjubiläum versammelt hatte, um den einhundertfünfzigsten Geburtstag der Stadt zu feiern, sehr gut zu finden, schließlich war er von einer Schar aufgehübschter, kichernder und etwas zu doll geschminkter Frauen umzingelt.

Alexis sah sich das Ganze für einen Moment an, schlich halb bedrückt, halb entzückt um die Frauen herum und hörte sich an, wie sie alle mit Henry zu flirten versuchte. Er jedoch gab sich zwar so charmant wie immer, wirkte jedoch ziemlich geistesabwesend. Da sich Alexis denken konnte, dass sie der Grund dafür war, atmete sie erleichtert auf und biss sich auf die Zunge, als eine junge Dame mit viel zu dick getuschten Wimpern einen atemlosen Laut von sich gab.

„Dr. Gardner, wären Sie so lieb und würden mir bei Gelegenheit erzählen, wie ein Tiermedizinstudium abläuft. Ich würde ja so gerne Tierärztin werden und mich um all die armen Hunde und Katzen im Tierheim kümmern."

„Ich auch", seufzte eine andere Frau, die zwar einen Teller mit saftigen Rippchen in der Hand hielt, jedoch voller Bedauern den Kopf schüttelte. „Wenn Tieren ein Leid geschieht, muss ich immer weinen. Ich meine, wir sind doch alle Geschöpfe Gottes und sollten nett zueinander sein? Warum muss man Tiere nur so quälen?"

Dass sie nach ihrem letzten Wort begann, an einem Rippchen zu nagen, und einen Minirock aus Leder trug, machte auf Alexis einen leicht perversen Eindruck.

„Lieber Dr. Gardner, seit meiner Scheidung habe ich so viel Freizeit. Was halten Sie davon, wenn ich ehrenamtlich bei Ihnen in der Praxis arbeiten würde?" Eine Blondine mit viel zu viel Haarspray in ihren künstlichen Locken legte vertrauensvoll eine Hand auf Henrys Arm. Sie lächelte geziert und hauchte: „Sie müssen dort so schrecklich viel zu tun haben, Sie Armer!"

Alexis verdrehte die Augen und dachte sich, dass Henry weit weniger zu tun hätte, wenn nicht alle liebesbedürftigen und paarungsbereiten Weibchen der Stadt ständig bei ihm einfielen.

Mit der Autorität, die sie sich im Umgang mit betrunkenen Brautjungfern zugelegt hatte, räusperte sich Alexis scharf und quetschte sich in den Pulk von Frauen, um Position neben Henry einzunehmen.

„Entschuldigung, aber Henry wird keine Hilfe mehr brauchen, schließlich hat er mich, die ihm assistieren kann. Außerdem schlafe ich mit ihm."

Während die versammelten Frauen wie belämmerte Schafe aus der Wäsche schauten, bemerkte Alexis, dass Henry ein strahlendes Lächeln aufsetzte und keinen Einwand gegen ihre Aussage von sich gab. Stattdessen packte er ihre Hand, nickte den sprachlosen Frauen zu und zog Alexis hinter sich her. Erst an einem der Partyzelte, die auf der wunderschönen Wiese aufgestellt worden waren, von der man einen traumhaften Blick in die beinahe unberührte Natur von Texas hatte, hielt er an und schaute ihr forschend ins Gesicht.

„Alexis ..."

„Halt", unterbrach sie ihn leise und legte ihren Zeigefinger auf seine Lippen. Gleichzeitig schmiegte sie sich an ihn, um voller Ernsthaftigkeit zu erklären: „Ich kann Stinker und Satansbraten nicht abgeben. Ich kann einfach nicht. Die beiden sind ... wie meine Babys und der Gedanke, dass es ihnen vielleicht schlecht gehen könnte und ich nicht bei ihnen bin, bringt mich um den Verstand. Außerdem will ich mich nicht von Sammy trennen oder von Mac, von Bingo, von Cooper, von Miss Sophie ..."

Lachend würgte er ihren Namen hervor.

„Ich meine es ernst“, raunte sie. „Und ich sage das nicht, um dir zu beweisen, dass ich kein schlechter Mensch bin.“

„Scheiße“, murmelte er und zog ihren Finger beiseite, um seine Arme um sie zu schlingen. „Alexis, das weiß ich – und ich hätte niemals zu dir sagen dürfen, dass du ...“

Sie unterbrach ihn mit einem Kuss und flüsterte anschließend: „Was noch wichtiger ist: Ich will mich nicht von dir trennen, Henry.“

Er lachte leise und rieb seine Nase an ihrer. „Beinahe hätte ich gedacht, dass du mich vergessen hast.“

„Nein.“ Sachte schüttelte sie den Kopf.

„Und jetzt?“ Er holte tief Luft. „Wann fliegst du nach Miami?“

Lächelnd starrte sie in seine hellblauen Augen. „Gar nicht.“

„Gar nicht?“ Verwirrt runzelte er die Stirn. „Aber ...“

Alexis holte gespielt verzweifelt Luft und begann am obersten Knopfloch seines Hemdes zu spielen. „Du müsstest mir einen großen Gefallen tun.“

Für einige Sekunden sagte er nichts und wirkte völlig verwirrt, bevor er leise nachhakte: „Der da wäre?“

„Wie es scheint, brauche ich eine neue Wohnung und einen neuen Job. Außerdem gibt es da diesen grässlichen Mietwagen, der geradezu abartig riecht und von der Mietwagenfirma sicherlich nicht zurückgenommen wird ...“ Sie ließ den Satz unvollendet.

Ihr Tierarzt senkte den Kopf, strich ihr das Haar aus der Stirn und drückte sie eng an sich. „Da wird sich schon etwas machen lassen.“

Atemlos sah sie ihm in die Augen und flüsterte überwältigt: „Ehrlich?“

Er nickte und kräuselte seine Lippen zu einem hinreißenden Lächeln. „Ich wäre der größte Idiot der Welt, wenn ich so eine talentierte Geburtshelferin wie dich wieder gehen lassen würde.“

Als er sie küsste, wusste Alexis, dass ihr Karma endlich ein Einsehen mit ihr hatte, aber als keine zehn Sekunden später über ihnen ein Feuerwerk in die Luft ging, sagte sie sich, dass ihr Karma einen schrecklichen Hang zu kitschigen Szenen besaß.

Epilog

Als Henry sein Haus betrat, zog er automatisch den Kopf ein und wusste, dass Alexis ihm die Ohren langziehen würde. Nichtsdestotrotz strahlte er über das ganze Gesicht und begrüßte Miss Sophie, die im Flur um seine Beine schlich und sich gleich darauf nach oben verzog. Henry konnte es der alten Katzendame nicht wirklich übelnehmen, da die Rasselbande im Erdgeschoss manchmal auch ihm den letzten Nerv kostete.

Dennoch würde er keinen von ihnen jemals abgeben, sagte er sich, als er mit der kleinen Transportbox das Wohnzimmer betrat, in dem Alexis auf der Couch saß und telefonierte. Über ihrer Schulter thronte Casper auf der Couchlehne, während Sammy neben ihr lag und den Kopf auf Alexis Schoß gebettet hatte. Bingo lag zu den Füßen seines Frauchens und schnarchte laut und vernehmlich. Cooper dagegen machte auf sich aufmerksam, indem er seinen Napf lautstark über den Holzfußboden der Küche schob. Der Arme musste Diät halten und rebellierte seit Tagen gegen seine kleineren

Portionen. Interessanterweise bewies vor allem Alexis eine unerschöpfliche Energie, wenn es darum ging, dem Terrier Paroli zu bieten. Nichtsdestotrotz wusste Henry zu gut, dass seine Frau dem kleinen Hund hier und da ein Leckerchen gab, wenn sie glaubte, dass er dies nicht sah.

Lediglich Stinker und Satansbraten fehlten, doch nach einem kurzen Blick in den Garten sah Henry, dass die zweijährigen Rüden mit dem fünfmonatigen Welpen spielten, den ihr Herrchen vor drei Monaten angeschleppt hatte, nachdem die Kleine im Tierheim abgegeben worden war, weil sie angeblich bei jemandem Allergien ausgelöst hatte.

Eigentlich hatte er keinen weiteren Hund zu sich nehmen wollen – vor allem nicht, nachdem Mac verstorben war. Doch da Alexis sich Nacht für Nacht in den Schlaf geweint hatte, nachdem Henry seinen Retriever wegen eines Tumors hatte einschläfern lassen müssen, und auch Stinker und Satansbraten untröstlich über den Verlust ihres liebsten Spielgefährten gewesen waren, hatte er den schokoladenfarbenen Labrador kurzerhand mit nach Hause genommen.

Obwohl Alexis furchtbar mit ihm geschimpft hatte, währenddessen in Tränen ausgebrochen war und ihm vorgeworfen hatte, dass er Mac ersetzen wollte, hatte sie die kleine Stella nicht eine Sekunde losgelassen, sondern heulend an sich gedrückt. Seitdem war das Energiebündel ein fester Bestandteil ihrer Familie.

„Wenn Hatty eine Tombola für das Weihnachtsfest haben will, soll doch bitte auch sie sich um die entsprechenden Preise kümmern, Hugh“, erklärte seine Angetraute gerade fest in den Hörer und schien noch gar nicht bemerkt zu haben, dass ihr Mann nach Hause gekommen war. Dafür sprach, dass sie finster die Stirn runzelte, anschließend laut lachte und gedankenverloren Sammys Kopf kraulte. „Wenn das so ist, sollten wir uns das mit der Tombola noch einmal überlegen! Außerdem kannst du ihr sagen, dass ich dafür zuständig bin, die Feste der Stadt zu organisieren und dass sie mir den Job nicht unbedingt leichter macht.“

Da Sammy ihn jedoch bemerkt haben musste, immerhin wedelte sie mit ihrem Schwanz und schaute in Henrys Richtung, sah auch Alexis auf und schenkte ihm einen fröhlichen Blick, der augenblicklich düster wurde, als sie die Transportbox in seiner Hand bemerkte.

Mit einem resignierten Seufzer ließ sie die Schultern sinken und murmelte in ihr Telefon: „Hör zu, Hugh, ich muss Schluss machen – Henry ist gerade zur Tür hereingekommen und scheint Besuch mitgebracht zu haben ...“ Sie schnitt eine Grimasse und nickte, bevor sie dem Bürgermeister am anderen Ende der Telefonleitung zustimmte: „Ja, es sieht so aus, als bekämen wir wieder einmal Familienzuwachs.“

„Schatz“, begann Henry lächelnd und stellte die Transportbox auf den Esstisch. „Es war ein Notfall ...“

„Es ist immer ein Notfall“, schränkte sie ein, legte das Handy weg, erhob sich und stellte sich zu ihm, um die Transportbox mit regem Interesse zu betrachten. Dass sie gleichzeitig einen Arm um seine Mitte schlang und ihren Kopf an ihn lehnte, hielt er für ein gutes Zeichen. „Was ist es denn dieses Mal?“

„Ein Kätzchen.“

„Aha.“ Sie stellte sich auf die Zehenspitzen, gab ihm einen Kuss auf den Mund und schenkte anschließend nur noch der Transportbox ihre Aufmerksamkeit, die sie mit kundigen Fingern öffnete, bevor sie behutsam das winzige Kätzchen herausholte und an sich schmiegte.

Henry beobachtete seine Frau, die mit der kleinen Katze im Arm in die Küche lief, trottete ihr hinterher und erklärte: „Sie wurde mit zwei Geschwistern ausgesetzt, die jedoch nicht ...“ Er verstummte, schluckte und meinte anschließend: „Sie ist noch so klein und schwach, da wollte ich sie nicht ins Tierheim geben, sondern hier aufpäppeln, bis sie gesund genug ist, um vermittelt zu werden.“

Alexis schien ihn zu ignorieren, da sie die Katze beschmuste und einen Küchenschrank öffnete, um Aufzuchtmilch hervorzuholen, die sie immer parat hatte, nachdem sie vor einigen Monaten unfreiwillig Pflegeeltern für die Katzenbabys ihrer Nachbarn geworden waren, als diese sich auf einer Kreuzfahrt befanden und nicht gewusst hatten, dass ihre Katze trächtig gewesen war.

„Ehrlich“, seufzte er ohne große Überzeugungskraft. „Ich weiß, dass ich dir geschworen habe, dass Stella das letzte Tier ist, das ich ohne dein Wissen adoptiert habe, aber ich konnte die Kleine doch nicht im Tierheim lassen, schließlich braucht sie viel Pflege. Ich schwöre dir, dass ich ein gutes Zuhause für sie finden werde, wenn sie größer ist, und ..."

„Henry", unterbrach sie sein Gestammel und nickte einem anderen Küchenschrank zu. „Gibst du mir bitte eine Trinkflasche?"

Wortlos folgte er ihrem Wunsch und fragte murmelnd, als er neben ihr stand: „Bist du mir böse?"

Alexis sah auf, lächelte schwach und ergriff seine Hand, die sie drückte. „Böse wäre ich dir nur, wenn du tatsächlich auf die Idee kämst, der Kleinen ein neues Zuhause zu suchen, wenn sie größer ist."

Natürlich hatte er gewusst, dass seine Frau das Katzenbaby nicht mehr hergeben würde, wenn sie sich einmal um das Kleine gekümmert hätte, dennoch spielte er den Überraschten, küsste ihre Hand und versicherte ihr, dass sie die beste Ehefrau der Welt sei.

„Übertreib nicht, Henry", kicherte sie. „Deine Strategie ist zu offensichtlich."

Gespielt empört fragte er nach: „Darf ich meiner Frau etwa nicht sagen, wie sehr ich sie liebe?"

„Und ob du das darfst!“ Sie grinste ihn geradezu hinterhältig an. „Außerdem darfst du deiner geliebten Ehefrau beweisen, wie sehr du sie liebst, indem *du* heute Nacht viermal aufstehst, um die Kleine zu füttern.“

Er stöhnte ihren Namen und hörte ihr fröhliches Lachen, das im Kläffen der drei Hunde unterging, die gerade bemerkt hatten, dass ihr Herrchen nach Hause gekommen war, und auf ihn zustürzten.

Weitere Romane von Poppy J. Anderson

Hailsboro-Reihe

„Beim zweiten Mal küsst es sich besser" (Band 1)

Eigentlich hatte Kate vorgehabt, sich in der osttexanischen Kleinstadt, in der sie aufgewachsen ist, von dem Schock zu erholen, ihren Verlobten nackt auf ihrer Couch mit der gemeinsamen Nachbarin erwischt zu haben, und etwas Abstand zwischen sich und das Großstadtchaos von Los Angeles zu bringen. Dass ihre Großmutter die besten Kuchen der Welt backt, ist da nur von Vorteil, schließlich wünscht sich Kate, etwas bemuttert und umsorgt zu werden. Unglücklicherweise findet sie sich prompt im Kleinstadttratsch wieder, da ihr ein Flirt mit dem Highschoolfootballtrainer Hugh unterstellt wird! Ausgerechnet mit Hugh, ihrem ehemals besten Freund, der das Privileg besessen hatte, ihr nicht nur den ersten Kuss zu geben, sondern auch andere erste Male mit ihr zu erleben. Doch mit der ersten Liebe ist es wie mit einem Kuchenrezept. Manchmal klappt es beim ersten Anlauf nicht, doch dafür schmeckt der zweite Versuch köstlich.

„Nachträglich ins Glück“ (Band 2)

Sam Richards liebt ihren Beruf und geht darin auf, sich als Kinderärztin um ihre kleinen Patienten zu kümmern. Dass ihr Privatleben darunter leidet, macht ihr nichts aus, da sie es vorzieht, allein zu bleiben. Jeder trifft einmal im Leben seine große Liebe – auch Sam durfte dies erleben und wurde so tief verletzt, dass sie sich nicht vorstellen kann, dies noch einmal durchmachen zu müssen. Sie ist vollauf zufrieden, eine neue Stelle im osttexanischen

Hailsboro angenommen zu haben und das Kleinstadtleben zu genießen. Doch plötzlich trifft sie auf Drew und macht eine Entdeckung, die ihr ganzes Leben auf den Kopf stellt.

„Ein Hinterwäldler zum Verlieben“ (Band 3)

June badet in Selbstmitleid, als ausgerechnet sie dazu auserkoren wird, sich um ihre verrückte Großtante zu kümmern, die in der Einöde von Texas lebt und nach einem mehr als peinlichen Unfall Hilfe bei der Bewältigung ihres Alltags benötigt. Ihr bleibt nichts anderes übrig, als in den sauren Apfel zu beißen und nach Hailsboro zu fahren, um dort die Kleinstadtlangeweile zu ertragen. Als wäre das nicht schlimm genug, fährt sie an ihrem ersten Tag einem dieser Hinterwäldler in den bereits zerbeulten Truck und erntet dabei die Aufmerksamkeit der ganzen Stadt. Zu allem Unglück schleicht sich ausgerechnet dieser wortkarge Dorftrottel ständig in ihre Gedanken hinein, wenn sie ihrer Arbeit nachgeht. Da ist es kein Wunder, dass die Protagonisten ihrer schnulzigen Historiengeschichten frappierende Ähnlichkeiten mit dem Mann haben, der zwar kaum ein Wort über die Lippen bringt, aber verdammt gut küssen kann.

„Hals über Kuss" (Band 4)

Cassidy Shephard ist ein absolutes Landei, das ein äußerst ordentliches sowie extrem langweiliges Leben mitten in der Kleinstadt Hailsboro in Texas führt, in der sich alles um Klatsch, Tratsch und das köstliche Gebäck der hiesigen Konditorei dreht. Daher ist die tüchtige Kindergärtnerin nicht sehr erpicht darauf, dass die Klatschmäuler erfahren, dass ausgerechnet sie, die Vorsitzende des Gartenvereins und die Gründerin der

Gesundheitsfürsorge für Haustiere, bei einem Weihnachtstrip nach Las Vegas einen völlig Unbekannten geheiratet hat und unter einem Spiegel an ihrem Betthimmel aufgewacht ist, während ihr jegliche Erinnerung an diesen ereignisreichen Abend fehlt.

Sie versucht, die demütigende Erinnerung zu verdrängen, bis ihr Ehemann plötzlich auf ihrer Matte steht und nicht nur die ganze Stadt in helle Aufregung versetzt, sondern auch sie gehörig auf Trab hält.

Impressum

Poppy J. Anderson
c/o copywrite Literaturagentur
Georg Simader
Woogstr. 43
60431 Frankfurt

Es werden grundsätzlich keine Pakete angenommen!

Printed in Poland
by Amazon Fulfillment
Poland Sp. z o.o., Wrocław

71514648R00129